# 第二次誕生

吳若權陪你讀奧修

愛與情緒的8種靜心練習，活出獨立超然的自己

## 輯一 愛‧接受

## 輯二 愛・自由

## 輯三 愛・不對立

## 輯四 愛‧性

## 輯七 愛・分享

## 輯八 愛・覺知 ○●

# 慶祝自己的第二次誕生

學習如何將你的憤怒變成慈悲；
將性變成愛；
將貪婪變成分享。

你的第一次誕生，是哭著來到世間的。根據奧修的說法，那是因為每個嬰兒被迫要離開母體的子宮，一個他自以為熟悉而且安全的環境，因此感覺不安。但你也注意到，多數的大人是笑著歡迎孩子來到世間。除非他們養不起、或基於婚姻的條件、經濟的壓力、性別的歧視而愁苦；否則，孩子的出世，都是受歡迎的。接下來的彌月、週歲，乃至於每一年的生日，都值得好好慶祝。

理想的人生，彷彿確實應該是這樣的。然而，事與願違的是：某些孩子並非在父母身心都做好準備的情況下來到這個家庭，因此從一開始就沒有獲得足夠的愛。即使，在其他另外多數的家庭裡，父母已經用盡全力付出，卻因為不當的教養觀念與過度的期望，讓孩子未能受到真正慈愛的對待。

更殘酷的事實是：無論家庭背景如何，隨著年齡的增加，生命的單純與喜悅，似乎逐漸消失。還不到幾次純然快樂的生日慶祝之後，開始陷入成長的困惑、競爭的壓力、親情的枷鎖、愛戀的煩惱、金錢的匱乏、未來的不安……

以上種種的挫折與挑戰，不斷揭露人生的不圓滿，似乎印證當初哭著來到世間的預兆；但換個角度想，這些看似不圓滿的現狀，正是我們這一輩子要學習的功課。**就是因為有太多的「不要」，我們才知道自己真正「要」的是什麼。原來，所有的缺憾，都是用來完整我們的人生。**

只不過，有些人用盡一生的氣力，在挫折中與自己強烈抗爭，依然找不到解決方案，在負面情緒的漩渦裡愈陷愈深。一路從「憤青」變成「憤老」，最後帶著想哭、卻哭不出來的遺憾，離開人世。根據佛教的教義，這些人下輩子注定還是要回來，重修同樣的課題。

每個人即使經歷至親的生老病死，度過感情的聚散合離，如果未能在挫折中覺悟，主動讓自己蛻變，注定要一再重複錯誤，繼續在錯誤中受苦。然而，對於積習已深的人來說，蛻變何其容易？

在生命中屢敗屢戰的人，最後很習慣把一切的未如人意，全部歸因給命運。直到他們知道命運是個性所造成，接著就不免咎責於原生家庭的教養與父母的對待。但奧修卻要每一個人勇於面對自己的人生，他說：「第一次的出生是父母給予的，另一次的出生正在等待中，它必須透過你自己誕生出來；你必須是自己的父母。」當你願意擺脫成長的陰影，對自己的人生負全責，於是就有機會能夠成為另外一種更好的人——同樣經歷生命的困頓、感情的滄桑、成敗的考驗，但最後可以帶著笑容離開。

我從二十歲開始精讀奧修的系列作品，直到三十歲，對生命依然困惑不解。即使當年的我，經歷學業的挫折、感情的傷痕、家庭的掙扎、工作的起伏、健康的威脅、金錢的壓力……以為這些深刻的痛苦，應該已經足夠讓我大徹大悟。但我還是苦苦追問著：我是誰？我為何而來？要往哪裡去？

除了閱讀奧修的系列作品，我鑽研哲學、透過宗教修行、學習靈性功課，求知若渴地汲取各個大師的智慧。一邊讀書、一邊釐清，卻更困惑。要在許多大師眾說紛紜的理論中找出生命的意義，並不是一蹴可幾的事。

幸運的是：我既沒有照單全收、也沒有排斥或放棄；反而願意用更多的親身試煉去印證。忍心讓自己傷痕累累，終於漸漸懂得更多。人生的領悟，不是別人可以告訴你的，必須要自己親身去體驗。但你也可以因為閱讀而心領神悟，少走很多冤枉路。

逐步走向熟年，讀遍無數經典，融會貫通，認定幾位大師，成為我此生效法學習的榜樣。我發現奧修與其他大師不同的特質是：他的言談充滿機智，把深奧的道理講得很淺白。他善於比喻、說故事，一度讓讀者以為人生真的就如此簡單。等到我經過「見山是山；見山不是山；見山又是山！」的不同階段，多次回到心靈角落重讀奧修，發現人生其實真的可以很簡單。

每個人終其一生的靈性追求，看似多元而繁複，但化繁為簡後，不外乎就是奧修說的：「學習如何將你的憤怒變成慈悲；將性變成愛；將貪婪變成分享。」若能責無旁貸地覺知這個目標，你將可以慶祝自己的第二次誕生。

要讀懂奧修的完整論述，確實需要深刻的生命歷練。尤其他勇於挑戰傳統的觀念，強調自主與自由，讓衛道人士視為驚世駭俗、叛經離道。你必須深入奧修的核心要義，才會知道那些多半是斷章取義，並非奧修主張的全貌。

為了讓更多像我一樣曾經在人生某一段旅途感覺迷惘困惑的人，可以藉由奧修的指引，找到自己的方向，我很榮幸能夠獲得資深出版人麥田出版社林秀梅副總編輯邀請，並取得奧修中心正式授權，寫成《第二次誕生：吳若權陪你讀奧修——愛與情緒的8種靜心練習，活出獨立超然的自己》一書。

這是我出版的第一〇九部作品，希望這本書可以引領從來沒有讀過奧修作品的朋友，進入靜心的殿堂；也能幫助已經熟讀過奧修系列作品的朋友溫故知新。還有那些因為被斷章取義而對奧修有誤解的朋友，願意透過這本書的詮釋，重新認識更完整而且真實的奧修。

# 愛・接受

那些要求（對方必須）完美的人非常沒有愛心，是神經質的人。

對於你自己所要的人生，你或許可以盡力追求完美，即使它不容易到達；但對於你想要一起相處的人，你不可以要求對方完美。

當兩個人的感情中出現要求完美，這份關係就會被自己的期待摧毀，你只會換來更多的失望與抱怨。對方也會因為你要求完美而變得緊張，不自在。對方甚至會如奧修所說的：「不是變成超人；就是變騙子。」他還說：「當然，要變成超人很難；所以，人們都變成騙子。」他指的是，對方為了應付你的要求，而偽裝完美。

在愛中，你要接受對方自然的那一面，而不是要求對方表現完美。完美的對方，往往只存在於你自己的想像，而且會讓你失心瘋般地找到看似合理的藉口，去行使控制欲，若對方未能順遂你的意旨，就變成他不夠愛你的證明。例如：

你不肯戒菸，就表示你不愛我！——其實你認識他之前，他就會抽菸。如果有一天，他願意戒菸，是他自己的選擇，但最好不是為了討好你，否則他會覺得自己為你犧牲他的嗜好，兩個人的關係就會開始矛盾與緊張。

你不願意為我把你打理得更好，就是不愛我！——其實他無論有你或沒你，都是同一個樣子。如果有一天，他變得更好，那是因為他自己想變得更好，而不是為了符合你的意志，否則你們的感情就會以操控彼此的形式存在。

奧修說：「絕對不要要求完美。你沒有權力對別人做任何要求。如果有人愛你，要心懷感恩，但不要有任何要求——因為對方沒有義務要愛你。如果有人愛你，那是個奇蹟，你要對這個奇蹟心存感激。」

我看過很多要求完美的人，通常有兩種問題：一種是對自己要求完美，把人生弄得緊張兮兮，只因為他無法接受自己不夠完美的事實；另一種是對別人要求完美，卻無法相對做到完美，用對自己的失望，苛求對別人的期望，結果都是兩敗俱傷。

多年前我出版的作品《你就是我的100分》（方智出版）書中提到：「學習完整的接納，而不是要求完美的表現。」自序則以「寧願完整；無須完美！」的觀點，與讀者互勉。現在的我更能深層地體會到：要求完美，不僅對感情有很大的殺傷力，對自己也是不可喘氣的無情壓力。

要求完美，是個陷阱。表面上好像是期待對方可以變得更好；其實內在真正隱含的意義是你對現實的不滿意。你想逃避這個失落感，才會用另一個假象欺騙自己。

從欣賞對方的優點開始練習吧！你愈能看到對方的優點，相對地就能多包容對方的缺點。當你看到自己也是一個互有優缺點的人，就更能完整地接納彼此。

每個人都擁有完美的內在靈性；卻不容易具備別人眼中所謂完美的外在條件。因為，所有的外在條件，都是被世俗界定出來的，不是真正該有的評論標準。

所有的真實與謊言、美麗與醜陋，完美與不完美……都是一體兩面。刻意去切割、或只要其中的一面而不要另一面，都是不自然的。而愛，是自然的，如空氣、如水的流動。你必須接受這個自然，才會發現愛本然已經存在。

權心權意
愛的筆記

長期對自己失望，
才會要求對方活在自己完美的期望中。

嫉妒的人生活在地獄裡。

停止比較，嫉妒就會消失，

卑劣就會消失，虛偽就會消失。

單身的人，羨慕有伴的人很幸福；有伴的人，羨慕單身的人很自由。

羨慕，是一個看似正向的心理，其實它包藏著負面的情緒，叫做嫉妒。

然而，無論是羨慕、或是嫉妒，它都是因為「比較」而產生的情緒。大多數人們，常看到自己所沒有的東西。這些欠缺，刺激到自己內在對自己的不滿意。於是，試圖開始找平衡點。

**負向的比較，是去從別人更悲慘的遭遇上，證實自己其實沒有那麼糟糕。**看到別人比自己更匱乏的人生，回頭才發現自己是幸福的。例如，你常聽見的勵志格言：「不要抱怨自己沒有鞋子穿，你看這世界上還有人連腳都沒有。」表面上看起來充滿正能量，但其實它滿負向的。因為，**任何人的幸福感，都不該建立於別人的不幸之上。**尤其是經過比較之下的差異，更顯得殘忍，甚至帶著不自覺的歧視，隱藏在表面上看似同情的感受裡。

還有另一種負向比較，是虛榮的表現，就像奧修所說：「因為嫉妒，你開始虛偽，開始假裝。你開始假裝擁有一些你沒有的東西，你開始假裝擁有一些你無法擁有的東西，那些東西對你來說是不自然的。你變得越來越矯揉造作。」

回頭再看看，你常在網路上轉傳又按讚，來自中國大陸的這一句流行語：「我寧願坐在寶馬（台灣稱BMW）車裡哭，也不願意坐在自行車上笑。」透過物質享受與心情感受對照的比較，名車對比自行車，哭對比笑，情境很寫實，也很不快樂。

所有的比較，都會帶來負面的情緒；無論羨慕或嫉妒，只是更凸顯自己對自己的不滿意。當你覺得自己不夠好，就會在愛中不斷討好，再多麼委屈自己，依然無法成全幸福。

因此，徹底解除嫉妒心，正確愛自己的第一步，是開始停止和不相關的別人比較。包括：外表、內在，都不要有所比較。沒有誰比較美、也沒有誰比較醜；沒有誰比較高尚、也沒有誰比較卑微。每個人都是獨一無二，各有不同的特質，既不必要、也無法分辨高下。

第二步，除了停止和不相關的別人比較，也不要和你所愛的人比較。在愛的面前，你們之間是平等的，沒有誰高攀了誰，也沒有誰不如誰，你不用卑微地祈求對方的垂愛，你也不必高傲地為對方施捨憐愛。你們各有各的價值，各有各的魅力，彼此互相吸引、互放光亮，一起照亮共同的幸福遠景。

第三步，你更不要把你所愛的對方，拿來和別人的伴侶比較。「小美的男友，學歷比你高！」「樓上的小王，加薪比你多！」「隨便路人甲的身材，都比你辣！」「阿丁的女友，品味比你好！」這些損人不利己的評論，傷害你的伴侶、損壞你的人品、瓦解雙方的信任、摧毀彼此的愛情。

停止對外比較的唯一祕訣，就是：回過頭來，從內在豐富自己。當你不再評論自己，就不會再苛責別人。當你不再懷疑自己，就會開始信任別人。當你懂得尊重自己，就會開始敬重別人。

奧修說：「唯有你自己內在的寶藏開始成長時，你才會停止比較；沒有別的方法。成長，成為一個越來越真實的個體。無論存在將你創造成什麼樣子，愛你自己，尊重自己；那麼，天堂的門將會立刻為你而開。它們一直開著，你只是從來沒有看見它們。」

豐富你自己，並不需要刻意再努力增加什麼；只需先從看到自己已經有的開始，徹底地接納一切。就像審視一個房間的美好，並不是添購更多的家具，即使它看起來什麼都沒有，光是這個空間，就足夠令人心曠神怡了。

徹底地接納自己；完整地臣服宇宙。嫉妒消失；真實浮現。自信，就在此刻綻放前所未有的魅力。

權心權意
愛的筆記

要真正地成為你自己，
就從停止和別人比較開始。

要免於痛苦就必須接受痛苦。

受苦是你在抗拒，否定生命及事情的本質。

曾經有一段好長的時間，我在醫院照顧母親，觀察到病患與家屬對於病痛的遭遇，反應有些不同，大致上可以分為兩類：

一種是因為痛不欲生而不斷哀號，伴隨著怨天尤人的嘆罵聲，吵到連同病房臨床不相干的病患與家屬都受到嚴重的干擾。另一種是默默承擔身體的病痛，望著天花板或牆面，無語問蒼天，或垂淚到天明。

你覺得，哪一種人的病痛，好得比較快？前者；或是，後者。

其實，答案非常殘酷！往往這兩種病患，復原期間都比較長。

一個人的身心療癒進展快慢，不在於他們的情緒反應是抒發式的哭鬧、或壓抑式的忍耐，真正的關鍵在於：心態上是「否定」、或是「接納」。如果不斷抗拒眼前的事實，身心難以協調，處於更不安的狀況，治療的效果就會比較差；相對地，願意接受這個遭遇，與病痛和平共處，當身體的苦，不再是障礙、不再有煩惱，心平靜下來，也就跟沒有病痛一樣了。

只有少數的病患，被醫生視為奇蹟。他們發現自己罹患重症，並沒有質疑上天：「為什麼是我？」甚或感謝上天，透過身體的病痛，帶給自己反思的機會，懂得要因此而改變自己。一次大病，一個轉彎，人生因此而不同。

奧修提到：「當你說『不應該』時，你就受苦了。現在是你在自找苦吃。」**否定自己正在遭遇的一切，痛苦反而是加倍的。當下接納所有的發生，是最好的停損點，從此樂觀面對、積極處理，化危機為轉機。**

感情的療癒，跟身體病痛的處理很像。走不出情傷的人，都有共同的特質：心有未甘，想要報復；或是，情還未斷，想要復合。還有更嚴重的狀況是：既想報復、又想復合。連自己的內在都矛盾掙扎，完全無法擺平，又怎能處理好自己與對方的關係？

奧修教導學生，要保持對自己的觀照，覺察自己的身體，體驗自己的情緒，不要否定、不要逃避、不要壓抑。他說，當你頭痛時，就去觀照頭痛，只要你不特別抗拒這個痛，它會依照它該有的時間消失，它不會成為長驅直入的傷害。若是不斷逃避痛苦，反而會累積更多痛苦。你愈是害怕接受痛苦，就愈容易緊張焦慮，如此痛苦的感覺就更加深了。

換個角度看，當你正在陪伴身心受挫的親友時，就不要講出：「這又沒什麼大不了的！」「你要轉移注意力！」這些看似安慰、但沒有實際作用的話語。不如以默默的支持與陪伴，給對方足夠的勇氣，去接受事實，面對難關。做好最壞的打算時，最好的轉機就會在那裡出現。

權心權意
愛的筆記

學習與痛苦和平相處，
就不會被痛苦宰制！

無論你是什麼樣子，
都要無條件接受它——
接受就是蛻變的金鑰。

我如果能夠再多高個幾公分，就可以很順利應徵成功了！

我一定還要再減重五公斤，才會有更多人喜歡我。

我只要再多勇敢一點，必然可以接受生命的挫折。

以上這些期待，在奧修眼底，都是現代人痛苦的根源，也是無法順心如願的障礙。他認為：**必須先無條件地接受自己，人生才有可能有所改變。**而更重要的是：心理不能存著「我是為了有所改變，才願意接受自己」的念頭，否則改變就不會真正地發生。

**真正的完整接受，是不附帶任何條件**。如果把「蛻變」當作「接受」的條件，心中容易隱藏頑強抵抗的念頭：如果不能蛻變成功，我就不願意接受。蛻變，是最後的目的；接受，只是一種工具。這就不算是真正地接受。

奧修說：「接受必須是無條件的，沒有任何理由，沒有任何動機。唯有如此，它才會使你自由。」很多人之所以無法接受自己，是因為主觀上對好與壞各種條件有所評斷，例如：高、矮，胖、瘦，美、醜，當你覺得自己哪裡不夠理想的時候，嫌棄的念頭就出現了。**一個總是在嫌棄自己的人，不可能真正百分之百接受自己。改變，就很難發生。**

這就是大部分胖子減肥失敗的原因，他沒有真正接受自己的胖，他只是一味地嫌棄自己的胖。甚至，連照鏡子的時候，都不願正視自己的身材。即使有看到的話，也是用批評的眼光對待自己。接下來用憎惡、憤怒的態度進行減重，就很容易半途而廢。因為他覺得全世界的人都在嘲笑自己，他也不肯放開心胸和別人討論，只是自虐式地進行飲食的控制、或運動的進度，一旦碰觸瓶頸，會立刻退縮，並且質疑自己：為什麼要這樣辛苦？繼續撐下去，有什麼意義？

如果能夠接受肥胖，不對自己的身材批判，很清楚目前的體能狀況，以喜悅的心情減重，即使別人亂開玩笑也無所謂，對世俗眼光的減重成敗，沒有得失心，只是按照計畫去做，比較容易堅持下去。就算碰到「撞牆期」，也會因為自己無所忌諱，得到更多的資訊與鼓勵，終會按部就班完成計畫。

要先能接受自己，才會接受別人。其中最關鍵的原因是：不以主觀，妄下評論。這樣的相處態度，在經營友誼與感情時，都會輕鬆很多。因為，無論排斥別人、或排斥自己，都會感到痛苦。除非你能夠全然地接受痛苦，否則痛苦無法帶來蛻變。

**反之，接受的情緒，是喜悅。只有喜悅，能把我們帶往更好的地方。**

奧修講過的這句話，具有很關鍵的提醒：「你覺得你是個懦夫，那又怎樣？盯著這一點看。如果你能接受你懦弱的事實，你就已經變得勇敢。只有一個勇敢的人，能夠接受自己是懦夫的事實，懦夫是辦不到的。你已經踏上了蛻變之路。」和心愛的人相處，也是一樣的道理。無論當下的情況已經變得有多糟，都必須先要接受，而不是一味地厭惡或排斥。

**接受現況，讓彼此有機會可以平心靜氣坐下來談，不會彼此指責、相互攻擊。傾聽對方的想法，說出自己的感受。透過這樣的溝通，關係才能改善。**

通常伴侶之間常犯的錯誤是：不願接受眼前的局面，認為應該要有所改變。動不動就咆哮說：「我們怎麼會變成現在這樣呢？」接著，表現排斥事實最直接的態度，就是排斥對方，轉化為「這一切都是你的錯！」的語言，認為所有的改變，都是對方的責任。對方卻讀不到任何「責任」的訊息，他只是覺得你在「責備」，兩人的關係，只會更惡化。

當你認為只有對方改變，你們的關係才會改善，就等於把蛻變的鑰匙，交給對方。這樣做，注定是會失敗。偏偏，世界上百分之九十的伴侶，都在進行這種幾近「困獸之鬥」的努力。你一定要知道：唯有先接受現況，並且把蛻變的鑰匙拿回來，交到自己的手上，才有可能成功。

權心權意
愛的筆記

全然地接受自己，才能真正地放鬆。
享受「自己」，
這份上天所賜予的美好禮物。

如果你愛一個人，有些時候你也會恨這個人。
但那不會摧毀愛，它會讓愛更豐富。

愛的反面，不是恨；而是冷漠。當你發現你愛著一個人，同時也恨著他，這算是很正常的，不用害怕。

你比較需要留意的，反而是：你不但不再恨他了。當你對他的一切，已經毫無感覺。你們之間已經走到窮途末路，而你也不會再回頭。

奧修認為，還有比恨或冷漠更糟糕的，是你根本沒有真正愛過。**如果只是因為年紀、或機緣，還沒有真正愛過，就等心智與時機成熟；倘若是因為害怕受傷就不敢去愛，人生真是白活。**

主動來「吳若權幸福參詳所」找我聊感情問題的讀者之中，有不算低的比例是接近中年卻仍單身的，這裡面還有些人是這輩子沒有談過戀愛的。站在靈性學習的角度，或許我該恭喜他們，這一生來到人世間的使命，感情並非必須選修的課程，可以把心力花在學習其他的課題。

偏偏，其中有很多人說，他其實很渴望談戀愛，身邊也不乏可以認識或交往的對象。問題是童年的成長經驗，看到爸媽不斷爭吵，家庭長期失和，因此對感情心存畏懼，想愛又怕受傷害。

奧修對於愛與恨的一體兩面，有很清楚的邏輯與巧妙的譬喻，他說：「恨來了又走，愛依然存活下來。憤怒來了又走，慈悲依然存活下來。恨無法摧毀愛；夜晚無法摧毀白天，黑暗無法扼殺光亮。」

**試著學習在憎恨中，看到自己愛的程度；在憤怒中，看到自己慈悲的程度。若不是那麼濃的愛，我們早就被恨打垮；若不是那麼深的慈悲，我們早就被憤怒擊敗。**當我們還在這裡，還愛著原生家庭、愛著父母、愛著心愛的伴侶、愛著朋友，就應該有相當程度的自信，儘管其中因為某些心結，可能難免有憤怒、有怨恨，但至少知道自己內在的覺知還清醒著。

奧修說：「你越愛，恨就越強烈抗爭回擊。但你會很驚訝的發現，恨來了又走。它不但不會扼殺你的愛，反而使你的愛更強壯。愛也會吸收恨。」

當你的內在有所恐懼，佛陀的慈悲正是一個最好的典範，他年輕的時候也曾經憤怒過，走出貴族皇室的家園，看到真實世界裡的無常，發願要幫助眾生，所以有了如此慈悲的力量。

我們或許還無法達到佛陀捨己利他的境界，但可以在前往愛的路上先鼓勵自己：不要因噎廢食，不要因為害怕受傷，就不肯愛，不要因為可能會跌倒，就不肯邁出這一步。

等到我們有足夠的勇氣去愛，也有好的機緣碰到一個可以愛的對象，更不能在愛中粉飾太平，為了愛而忍氣吞聲，委屈自己。

權心權意
愛的筆記

讓愛與恨，憤怒與慈悲，兼容並蓄，
人生因此更豐富而完整！

一個嫉妒的心，是無法去愛的；
反之亦然，
一顆愛的心，是不會嫉妒的。

在《愛的每一刻，都能安心做自己：阿德勒勇氣心理學的情感日常練習》（遠流出版）書中，我提到一個關於嫉妒的觀念：「不斷地擔心，顯化了你對這段感情的不安，你對他沒有讓你參與的人生感到嫉妒，讓你對他充滿控制欲，因此扭曲愛的本質。他繼續我行我素，你依然含辛茹苦。」讀者對這段話反應非常熱烈，很有共鳴。

明明愛一個人，愛得萬分深刻，但為什麼你還是覺得不安？你什麼都願意為他付出，你目前所擁有的一切都可以奉獻給他；但是，為什麼你不肯給他一點自由、一點私密？為什麼只要他離開你的掌握，或是他私下去找一點他要的快樂，你就抓狂？

奧修說：「是什麼使你產生嫉妒？是佔有欲。嫉妒本身並不是根源。你愛一個女人，你愛一個男人，而你想佔有那個人，你害怕他們明天會去找別人。你對明天的恐懼毀了你的今天，這是一個惡性循環。」

當自身欠缺安全感，進入愛的關係裡，不安就會加倍，甚至是數以倍計。所有的控制欲，都來自於不安。可是，當你愈不安，愈想控制對方，嫉妒心表現得愈強烈，在對方眼中，你就變得愈歇斯底里，愈不可愛。

你不會喜歡一直不斷查勤的自己，你也不會喜歡正在偷看對方手機的自己，你更不會喜歡質問對方「你有沒有做出對不起我的事情？」的自己！誠如對方也不會喜歡，這樣猥瑣而沒有自信的你。於是，你發現另一個真相：你的「不安於心」，造成對方的「不安於室」。原來，這兩者之間的關聯是彼此互相牽動的。

既然如此，為什麼還要讓自己變成內心充滿不安、嫉妒、掌控的人？

我可以猜想到，過去你的答案很無奈：「誰叫他要蠢蠢欲動，露出可能花心的蛛絲馬跡！」而今你慢慢將可以體會以下這個道理：當你變得不可愛的時候，對方更容易想要逃出去。此刻，外界的誘惑，才能對他有吸引力。

與其不斷玩著「道高一尺；魔高一丈」的遊戲；不如就讓對方去吧！給他足夠的自由，去追求、去經歷、去選擇，如果他最後還願意回到你身邊，代表你才是他真正適合的伴侶。假使他從此浪跡天涯、或琵琶別抱，你也不用太難過。那句在網路上被傳了千萬遍的老話，可以療癒你的悲傷：「你只是失去一個不愛你的人；對方卻失去最愛他的你！」

你若執迷不悟，想要緊緊抓住他，讓自己變得面目可憎，反而令對方離去的腳步，顯得更義無反顧。

李安執導的電影《臥虎藏龍》，片中經典對白：「把手握緊，裡面什麼也沒有，把手鬆開，你擁有的是一切。」

奧修在此之前，已經講過這個道理，他說：「生命無法被佔有，你無法將它握在手裡不放。如果你想擁有它，就必須打開你的手。」

他還說：「真正的愛是，即使伴侶和別人在一起很開心，你也會覺得開心。」這已經接近佛家所說的「慈悲心」了，如果你覺得很難做到，至少可以退而求其次，跟隨奧修的這句教導：「不要佔有彼此。保持完整的自由，不要干涉彼此的私人空間，要顧及對方的尊嚴。」

若你已經愛到千瘡百孔，還要死纏爛打，請立刻停止和自己作困獸之鬥，回頭觀照自己，愛自己。一定是過去成長的經驗，讓你感覺到被壓迫，讓你深深地不自由，你才會把手握得那麼緊，把愛搞得那麼難。

奧修說：「嫉妒是弱者的憤怒。」我的學習體驗是：消除憤怒最好的辦法，是讓自己先強壯起來。但不是用力去戰勝恐懼不安的那種強壯，而是讓自己的內在充滿信任的慈愛。最通俗的說法不就是：「該是我的，跑不掉；不是我的，留不住！」你可以努力的重點，不是拴住對方；而是讓自己更好，他才會回來。

權心權意
愛的筆記

你有自信，他有自由，
彼此的愛，才會更寬闊。

放下凡事必須和對方一致的想法，
就不會有任何爭吵的問題。
會爭吵是因為你要對方同意你。

經過幾次意料之外的大吵之後，你漸漸地在愛情中習慣了那份小心翼翼；相對地，愈來愈不會在當下及時說出自己真實的感受。這，是一種相處的默契、還是讓你們逐步地各自走向疏離？

在此之前，你並不知道他是個心中有很多地雷的男子。向來直言不諱的你，常不知不覺刺痛他的要害。於是，冷戰、大吵、鬧分手……出其不意地輪番出現在你以為會相守到終老的路上。

所幸你很快也學聰明了。不就是一些雞毛蒜皮的小事，只要你當場忍住不講出與他不同的意見、或是盡量順著他的意思附和一下，那些疙瘩很快就過去了。

後來，你終於也發現：他身邊的朋友，都是這個類型。只要繼續讓他當老大、你盡量不插話，無論他說得多麼不可思議，你只要回答：「嗯嗯！」「是喔！」彼此的關係就會更好。於是，他就把你摟得更緊、抱得更親。

他說，覺得自己開車技術很神勇；你心念著他上個月超速罰單還未繳，卻沒說破這件事，只是點頭回應「嗯嗯！」有一度你會擔心：這個人，永遠聽不見真心話！你曾在「提出忠告」與「簡單附和」之間掙扎，但你踩過幾次地雷、他揚言幾次分手之後，你終於學會：如果還想繼續愛著，就少說幾句好了。

至於，這樣的感情還能維持多久？如果你總是為自己的「不能吐槽」而覺得很痛苦，確實不容易撐下去；倘若你可以學會更慈悲的愛，容許他做自己，願意給予對方特別想要維護的自尊，痛苦就會被喜樂替代。

在愛情面前，一直急著講出自己跟對方不同的意見，未必就是真心，有時候你只是不甘寂寞地不容許自己的意見沒有被對方聽見。你不必擔心他被自己蒙蔽，只需確認是否還愛他。愛到即使他因為執迷不悟而吃虧或犯錯，都願意和他一起承擔，就繼續扮演最佳傾聽者的角色吧！否則，只會不歡而散，你什麼也沒得到。

奧修對於男女雙方在爭吵時的反應，有很細膩的觀察：「男人試圖用爭辯證明他是對的，女人試圖用情緒證明她是對的。」因為，沒人要承認自己是錯的。

他教導學生：「當凡人就好，接受對方是有一切人性弱點的凡人。你的伴侶和你一樣也會犯錯，你們必須學習。在一起生活是一個絕佳的學習機會，學習寬恕、學習不在意、學習了解對方跟你一樣是凡人。這一切只需要懷著一點寬恕的心。」

當你接受這個世界本來的面貌，接受每個人都可以有不同的想法，不再以你自己單一的價值觀為準，不再期盼對方跟你想的都必須完全一樣，你的自信就會大到可以包容各種不同的意見，而不會為了一點歧見而感到不安。容許對方做自己，寬闊的愛就會來到彼此之間。

奧修要世間伴侶不要為了彼此想法不同而感到失落，和諧也並非伴侶相處時所必須追求的唯一樣貌，真正的愛有足夠的能力吸收不同的意見，也能克服一切的阻礙。

權心權意
愛的筆記

尊重對方是一個獨立完整的個體，
容許他可以有和你不同的意見。

如果你想要有一個狂喜的生命，
就必須接受許多極度的痛苦。

痛，並快樂著！這不只是一首歌的歌名，也不只是一本書的書名，而是真實的人生寫照。我們在年紀很小的時候，懂得聽人說「痛快」的當下，就已經在學習體驗這樣的哲學。

**所有付出努力的過程，肉體上都是痛苦的，懂得享受痛苦的人，在付出努力的過程中，就已經可以感受到精神上的快樂。**比較自討苦吃的人，卻要等到功成名就時才會感覺到快樂。但是，只要他肯努力、又用對力，也沒有太多冤親債主或時運不濟的問題，遲早總是會體驗到成功的快樂。

有些運動員努力鍛鍊肌肉的同時，生理的機制已經在當場回饋給他肌肉在鬆緊之間的快樂。即使最後沒有得到錦標，他已經培養樂觀面對人生所有得與失的心態，接受運動場上的高低起伏，也能笑看外面世界的功過成敗。

人生，就像是由許多不同競賽組合而成的遊戲。鮮少的人們可以通過所有競賽項目，從一而終贏到所有的錦標，成功與挫敗往往相伴相生。

奧修以自然為例，他解釋說：「如果你想要登上聖母峰，你也會來到谷底。谷底沒有什麼不對；你的方式必須不一樣。你兩者都可以享受；山峰是美的，山谷也是美的。在某一些片刻，人應該享受山峰，在某一些片刻，人應該在谷底放鬆。」

樹木要長得高，根部就要栽得深。出生與死亡、快樂與痛苦、成功與失敗、熱戀與失戀，看似兩個極端，但就是這樣的張力讓生命得以創造。如果你害怕死亡，就不可能好好生活；你害怕痛苦，又不肯快樂；你害怕失敗，就不敢追求成功；你害怕失戀，就不肯熱戀……你就是在用逃避的方式，貶抑自己的人生。

你既沒有好好活過，就不會心甘情願死亡；你若害怕痛苦，就無法體驗真正的快樂；你沒有走過生命幽谷的辛酸，就不可能懂得攀上心靈高峰的喜悅。我們從小的教育，讓我們總是受到過度的保護，也因此變得逃避或壓抑。

人們既逃避痛苦，也壓抑快樂。我在很年輕的時候，已經閱讀過很多奧修的作品，當時我以為痛苦與快樂，雖是一體的兩面，可能也存在華人社會普遍流傳「先苦後甘」的順序；直到步入中年，重讀奧修的理念，再多看幾部新進翻譯的書籍，有了更深的體悟：痛苦與快樂，可以是並存的。

**時間或感覺，未必都是線性的；時間和感覺，可能是重疊的。我們在生存的同時，也在經歷死去。**

即將初為母親的婦女，生產時的痛苦與喜悅，同時達到極致；如果你是佛教徒，相信輪迴因果，死亡便是重生的開始。對所有正在準備考試的學生來說，愈是投入於課業，就愈接近解脫；反而是那些一時逃避用功的孩子，必須回來面對重修的命運。凡事都是如此，愈想逃開，糾纏愈久。

如同，當我說：「最深暗的深處，是最光亮的！」沒有同感的人，可能無法體會，甚至覺得我在胡言亂語，但我還是很樂意分享這個體驗。每當我激烈運動完畢，在蓮蓬頭下淋浴時，剛閉上眼睛的那一剎間，腦海先是整片漆黑，接著就有巨大的光源亮起。我不是用眼睛這個感官，卻可以看見無限深遠的視野。

當你不再畏懼黑暗，你將會在黑暗中看到光亮。當你不再逃避痛苦，你將會在痛苦中體驗快樂。

權心權意
愛的筆記

逃避和壓抑，
看似讓我們免於痛苦的遭遇，
其實也剝奪快樂的享受！

# 決定第一件事

有個蘇菲宗派的神祕家一輩子都很快樂，到了晚年他臨終的時候，他還是很享受，開心的笑著。他的弟子問他怎麼辦到的，他說：「我以前也跟你一樣悲傷，然後我突然領悟到，這是我的選擇，這是我的人生。從那天起，每天早上我起來決定做的第一件事就是告訴我自己『你想怎麼樣？悲苦？喜樂？你今天要選擇怎麼樣？』而我總是選擇喜樂。」

# 愛・自由

一個妳所愛的人，他的自由不會傷害妳。
妳受傷是因為妳不會使用自己的自由。

用自己的出軌報復對方的偷吃，會是好的策略嗎？每一個感情的問題，其實都會有各種不同角度的解答；再加上每一個人所處的境遇不同，沒有所謂的標準答案。

當正在遭受感情困惑的讀者，來到我的「吳若權幸福參詳所」，提出：「我發現男友經常偷吃，非常生氣，他簡直是發情的狗；最近我的前男友也常連絡我，我對他已經沒有感情，但想回去跟他來一腿，報復現任的男友。我這樣做有錯嗎？」

這位讀者從我的參詳桌邊得到的解答，很可能是：發現對方出軌，你罵他是禽獸；你再以出軌報復他，難道你也要當禽獸？

但是，如果類似的苦主，一直沒有找到療癒感情創傷的方式，只是不斷地抱怨對方，甚至恨自己無能，明明很氣對方，卻又始終離不開……與其長年陷在這個痛苦的深淵，她因此想找前任情人或其他對象，嘗試不同的相處方式，又有誰能限制呢？

或許無法因為暫時轉移目標，就讓自己得到救贖；但也可能因此幸運地找到離開的勇氣。或者很不幸地，她再度陷入另一個空虛的黑洞裡；但會痛得更徹底，才會明白自己不應該繼續沉淪下去。

當然她將來會有更好的選擇，例如：決定原諒現任男友、原諒自己，無論破鏡重圓，或各自祝福，就不會讓自己困在彼此都不自由的情境裡。除了跟著偷吃之外，這是另一種自由的選擇。

奧修心疼女性被傳統的道德制約，不但自己不自由，也不給對方自由。他說：

「並不是他的自由傷害了妳；造成傷害的是幾世紀以來錯誤的制約讓妳無能為力——妳不會使用妳的自由。男人拿走了妳全部的自由，這才是真正的問題。妳必須重新取回妳的自由，它不會傷害妳；事實上妳將會享受它。」

「自由是如此喜悅的經驗。妳的愛人享受自由，妳也享受自由；你們在自由中相遇，在自由中分開。也或許生命會帶領你們再度重逢。」

「全然地愛對方，同時，偶爾讓對方自由。不過必須雙方都如此。這不會破壞你們的愛；愛會更豐富、更有深度、更實在、更有高潮。」

奧修認為，男女雙方都必須擁有同等的自由。而且，自由不是被給予的，自由是天性，是本然存在的。女人覺得不自由，是被壓抑、被扭曲、被制約的。但他也強調：「不要有任何祕密，完全敞開，也允許對方完全敞開，尊重這份敞開。絕對不要讓對方有罪惡感，甚至在動作表情上也不要讓對方覺得有罪惡感。」

在東方社會的感情觀裡，男人享有自由是天經地義的事，女人卻不被允許。男人，是三妻四妾；女人，是三從四德。若主張女人在性愛上也可以擁有自由，而且還要彼此坦誠，能夠真正做到的人很少，所以這個觀念也飽受衛道者的挑戰。

奧修崇尚性愛自由、不受婚姻制度綑綁的觀點，常被認為離經叛道；但他卻認為反對的人，只是維護表面的假象，不肯承認人內在真正的天性，是所謂的「假道學」。

或許，我多年前在自己的創作中提到：「自由，只留給能夠自律的人。」可以在兩種不同的極端爭議中找到適當的平衡點。但一個人在性愛上，究竟能多麼自律呢？就要看他自己個人的修為。

**倒是奧修認為，就算是修為，也必須建立在快樂的基礎上，而不是自我**

壓抑。他主張，任何欲望都一樣，吃到夠飽了就不餓，性也是如此。無論你是贊同或反對，但至少要把性愛，看成很中立的，而不是當它是洪水猛獸。否則，你對性愛的恐懼和壓抑，會讓人生失衡，甚至做出更違反倫常的舉動。

權心權意
愛的筆記

兩個人的關係如果發生錯誤，
錯不在自由，
而是不懂得尊重與使用自由！

你想佔有的人一定會背叛你，
一定會破壞你的伎倆、你的計謀。

婚姻，未必是愛情的墳墓！除非，你把結婚當作一個目的地，抵達以後就不再願意付出努力。

多數的戀人確實把婚姻當作確認愛情的手段，透過一紙證書去證明：你是我的，我是你的。甚至因為這合法的保障，而將彼此的付出當作理所當然，還可以大言不慚地限制對方的自由，而不是以自己的魅力吸引對方的注目。

一個男人自己很不修邊幅，卻無法容忍妻子在路上看帥哥一眼；或是，相對地，一個女人自己很邋遢，卻為了丈夫注視街邊美女而動怒。這樣的情況，頻繁地出現在婚姻生活裡，兩個人一定很不快樂。

有時候，兩個人維繫關係的方式，只不過是恐怖平衡。你墜入茫茫大海，他是那根看似偶遇、或其實命中注定的浮木，在一起不是為了永浴愛河，而是圖謀一口氣可以活存，所有的浮沉都在幾乎窒息的狀態下進行……這種伴侶模式，絕對不是你想要的，卻是不少伴侶或夫妻的寫照。

根據奧修的見解：「幾世紀以來我們的所做所為都是為了愛而犧牲自由，因此產生了對立與衝突，一有機會就傷害彼此。」確實如此，**恐怖平衡的愛戀方式，令人緊張、疲累，愈是緊緊抓住，愈有滅頂的危機。**

無論是相愛的時候，因為內心不安而刻意黏住對方；或是，明明到了該分手的時候，還故意苦苦糾纏。為了留一份感情而委屈自己、勉強對方，兩人只是貌合神離，並非彼此真心想要形影不離。

看過感情中無數緊緊抓住對方不放手的案例，我經常懷疑他們並非真正彼此相愛，而是迷戀這份痛苦的刺激。感覺自己好像可以完全佔有對方，卻又沒有任何一點安全感，於是習慣以控制代替愛。

久而久之，忘了另一種生存能力，需要被再三提醒：**把手放開，順著浪潮，自由漂浮，反而活得更好。**

即使你是一個擁有獨立能力的人，但若因為過度寵愛對方，寧願被這份關係綑綁，彼此都會因為這樣的愛，而失去自由。但是，這並非真愛，只是不成熟的愛。

奧修說的這句話：「依賴你的人也會讓你變成依賴的人。」可以為渴望覺醒的人，有當頭棒喝的效果。

從你對愛情的覺知，一路追溯到童年時父母對你的照顧、或眺望未來你到中年之後與銀髮父母的關係，都存在非常近似的邏輯。**即使是親近如照顧者與被照顧者，也必須彼此尊重對方的喜好，並擁有各自的空間。**

我體驗過的最高境界是：**就算在不能自主的時候，都還能夠尊重並允許自由。**例如：當孩子年紀還小，不懂得如何真正替自己的人生做抉擇時，父母仍願意成全孩子的喜好；又如，銀髮爸媽年紀大了，失去自主的行動力，中年子女盡心盡力讓老人家可以做他想做的，安排他想安排的。

任何形式的愛，都需要相互的精神信賴，但不是彼此的實質依賴。如果為了自以為是的愛，而一味地想佔有對方、操控對方，最後自己也失去自主和自由。就像是囚犯和獄卒的關係，緊緊相隨卻並不快樂。若真能苦中作樂，也是一種病態的快樂，不是真正自由自在的幸福。

權心權意
愛的筆記

用信賴代替依賴，
尊重對方的自主與自由，
他因此還愛你，這才是真愛！

如果你們要在一起，那非常美；
如果有一天你們想要分開，
帶著愛分開，帶著感謝的心分開，
感謝彼此曾經帶給對方一段美好的時光。

很多人會在不適合的關係裡困住很久，無論再痛、再苦都還是不肯放手。輔導超過三千個個案之後，我愈來愈能同理這些苦主的想法、同情他們的遭遇。但……我真的不能同意這樣近似於浪費生命的做法。

這些苦主的心態大致可以分為下列幾種：

1覺得還有一點機會、一絲希望，想要再試試看，再給對方改變的機會。共同的通病是：他們很少會想改變自己，只想著對方可能會改變。即使希望渺茫，還是要繼續熬下去。

2覺得既然都已經跟對方花了這麼多時間，也沒差再多耗個幾年，或許還有機會翻本。

3覺得自己無法一個人過日子，分手後變得孤孤單單，會比現在更慘。

4覺得對方很需要自己，若提出分手，無異於置對方於死地，要自己勉強撐著，試著當對方的救世主。

5 當初承諾過要在一起，即使兩人之間的愛已經改變，雙方都很不快樂，還是要背負責任與道義。

基於這些看似很傻、卻真實存在的動機，讓很多困在不適合關係裡的人，繼續不斷爭吵或冷戰，虛擲青春在沒有希望的未來。

奧修給這類伴侶的建議，可以參考下列摘錄的三段話：

「做一個誠懇、決定性的交談，遵守一個簡單的規則：我們在一起是幫助彼此，不是毀掉彼此；是創造彼此，不是扼殺彼此。」

「當我說你們的愛應該是一種放下、一種無為、一種自由時，我的意思是，它不應該是被迫的。不應該是某種依賴法律、社會公約的東西。」

「有些人喜歡放蕩。這不是我所謂的放下。我不是說你應該每天換伴侶。這仍然是強迫。就像是從不能換伴侶的婚姻這個極端，換到你一定要換伴侶的另一個極端。」

喜歡閱讀奧修系列作品的讀者，可以特別留意第三段話。有些尚未深入了解奧修要義的門外漢，總是喜歡斷章取義，把奧修針對愛所說的自由，曲解成好像很淫蕩似的。其實他是鼓勵每一個人，不要為了外在的制約，勉強自己與對方，而是要面對真實的自己，如果你們能夠在一起，那很好，如果不能，也祝福對方；應該自主做決定，不要被人為的制度所壓抑。無論此刻你還愛或不愛，都不要欺騙自己、欺騙對方。也不論這段愛情，曾經在你的生命中停留多長久、或多短暫，彼此能夠繼續愛著，是值得珍惜的幸福。萬一其中有一方想離開，就心存感謝，彼此祝福，互道珍重吧。

權心權意
愛的筆記

分手時，彼此祝福！要知道：
愛的深度，遠比愛的長度，更重要。

真正的愛是不確定的，
正如你的生活也充滿不確定。

愛一個人，就要天長地久。這，是我們對愛的誤解。除非，有一天，我們自己也能成為愛的一部分。當「我」和「愛」，畫上等號，我就是愛，愛就是我，愛就超越了一切，也普及了一切。在此之前，愛都是一直處於變化的狀態中。

奧修說：「生命是一種連續不斷的改變，一切都在改變，一切都在變動。沒有什麼是靜止的，也沒有什麼是永恆的。」如果，我們在相愛的過程中，追求的重點是永恆，「結果愛變成是次要的，而永恆變成首要的事」。

雖然奧修有時候會以幽默的口吻，調侃佛教徒「離苦得樂」的人生哲學，但他在許多論述中，與佛教參透「無常」，要活在「當下」的概念，非常近似。

愛情，隨著相處的階段，年歲或智慧的增長，會有不同的風貌。或許是彼此的想法改變，或許是相互的際遇不同，若無法同步往當初的方向前進，只要願意放手祝福，就可以讓愛以不同的方式，繼續在各自人生的旅途上存在。

如果無視於這些變化，堅持要兩個人綁在一起才是愛，就注定會失望。

當你不允許生命有所變化，你不接受花開花落，你不容忍對方想法改變，就等於是違逆自然的法則，最後終必會在失望與痛苦中，繼續抗拒你不願意接受的結果。未必是要等到兩個人為細故分手，即便只是對方用不同的方式去愛，你都無法釋懷，類似「你從前都不是這樣的」、「你剛開始交往的時候，比現在溫柔很多」、「你變得愈來愈不浪漫了」的抱怨，都會變成彼此相處的障礙。

更何況是對方若決定轉身去愛別人，就更會是令你無法原諒的結果。你哭喊著：「我沒做錯什麼，為什麼背叛我？」甚至後來好長一段時間罹患憂鬱症，不但沒能從感情的困境中走出來，還從此失去愛別人與愛自己的能力，其實都是因為一段「事與願違」、「未如己意」的感情，讓向來渴求永恆的你，感到飢寒交迫。

如果可以在準備愛一個人之前，就認識奧修所說的：「不要以為愛一定是恆久不變的。這樣才會讓你愛的生活更美好，因為你知道今天你們在一起，而明天或許得分離。」讓自己擁有「愛會改變」這種看似充滿危機意識的心理準備，卻能讓你因此而更知道把握當下、珍惜現在，接受未來各種可能的結果，反而讓你更認真、更無懼地對待，享受更豐富、更精采的愛。

對於許多剛開始接觸感情的戀人來說，面對「愛會改變」這個事實，很容易令人感到不安，甚至試圖否認或抗拒。必須看遍人生的春夏秋冬，經歷關係的聚散合離，才會對「愛會改變」了然於心。

願意學習去欣賞改變、接受改變、適應改變，你將會更懂得把握當下。

**了解並體驗愛是會改變的事實，學習去欣賞「改變會是美好的」，不再**

執著於眼前的形式。奧修說：「它會帶給你越來越多的經驗、越來越多的覺知、越來越多的成熟。」最後你會發現：年老的皺紋是美好的、分手的痛苦是美好的，連祝福無法在一起的對方，也是美好的。

漸漸地，你將成為愛。你就是愛，愛就是你，這時候的愛，才會是恆常的存在。

權心權意
愛的筆記

接納對方會變得不愛的可能，
反而讓自己的愛更深刻、更豐富。

絕對不要對任何人說：愛是義務。它不是。

「義務」是「愛」錯誤的替代品。

你的心底經常出現「應該」這個意念嗎？你常把「應該」這個詞語掛在嘴邊嗎？如果是的話，你的人生充滿危險。

當你對所愛的人說：「你若真心愛我，就應該對我好一點！」或反過來，你常向伴侶說：「這些都是我應該做的！」

這世界上沒有什麼事情，絕對是「應該」的。因為「應該」的概念裡，有些道德標準的期許，也有些理所當然的要求。

在奧修的哲學裡，用道德的標準去期待一個人對愛的付出，甚至把這些愛的付出視為理所當然，真正的愛就不再流動，愛就不再純粹，你想好好去愛的動機，也被扼殺了。

即使是子女對父母的愛，或者是在華人世界常被強調的孝順，都不是「應該」的。

子女若是發自內心主動地愛父母、尊敬父母、孝順父母，這是純然基於愛的動機，就是美好的事情。當子女對父母所做的一切，不是這樣的想法，而是被道德標準所迫，親子之間的愛就不是出於真心了。

例如：因為怕被鄰居說閒話、怕受到兄弟姊妹的譴責，才要愛父母；或是另有目的，為了爭取父母更多的寵愛，或是為了想要將來獲得更多的遺產，才願意對父母好。為以上不同原因所付出的愛，都有一種主動或被動的「應該」，這是自欺欺人的愛。

情侶或夫妻之間的愛，也是如此。你若心甘情願做一頓美食與對方分享，就不要把它當作是愛的義務。否則，愛到最後只剩下義務，連美食都變得索然無味。

而且，「應該」做什麼、或「不應該」做什麼，也很容易讓彼此的關係，變得像是有所條件交換。當「應該」的念頭，從前門出現；「甘願」的**心意，就從後門逃走**。彼此之間的對待，就會只剩下很機械性的施予和接受，期待與落空。

我很喜歡奧修說的這一句話：「要先丟掉你內在所有的虛假。虛假來自外在。當所有虛假的被丟掉，你就赤裸裸的面對存在，真實會開始在你內在成長。」

在奧修的眼底，所有被社會道德所制約的付出動機，都是來自外在的要求，這些並非發自內心的愛都是虛假的，只有回歸中心的那一刻，真正的愛才能真正滿溢出來。

他說：「你累積太多社會禮節，讓你完全忘了生命中等待你去做的事情，你完全被佔據，沒有空間讓愛在你內心開花。」

隨心所欲地付出愛，不計較對方是否回饋同等的情意或禮物，這不只是你的權利，更是你的自由。

少一點分析、少一點比較、少一點煩惱；多一份仁慈、多一份慷慨、多一份真心。

擁抱你所愛的人，獻上你最深的吻，給他禮物，讓他開心，純然是因為你在這個過程中自得其樂，你既沒有被什麼逼迫而付出、也沒有期待要從付出中得到什麼，這樣的愛，很真實，也很豐盈。

權心權意
愛的筆記

我對你好，純然只是因為我愛你，
不是基於你是誰，
也不是因為你的承諾。

愛從來不會傷害任何人。
如果你曾經感到被愛傷害，
那是你內在某種非愛的品質感到受傷。

當你覺得自己被愛所傷害時，那只是一個錯覺。其實你是因為感覺「不被愛」而受傷。如果彼此依然相愛，你的傷害來自對方「不夠愛你」，而所謂「不夠」的感覺，是你內在存有比較的標準，跟自己的付出比較、或是和別人的愛情比較。你覺得你的付出程度比較多、你覺得你付出的方式比較好，你就在這些比較裡感覺受傷。更甚者，你還拿對方的付出來跟身邊其他朋友在愛情的付出中比較，只要略遜一籌，你就受傷了。

我最近聽過一個女孩訴說委屈。她送男友的生日禮物，是一支昂貴的手機；她生日時，男友回贈幾乎等值的平板電腦。朋友都羨慕這項禮物時，她卻覺得受傷。原因是：男友的收入是她的三倍，送等值的禮物，顯得他小器；而且，她根本不愛平板電腦，寧願是名牌包包還比較實際。

更多在感情中受傷的真實故事，都與背叛有關。當你深愛的人，在背地裡搞曖昧、或已經劈腿出軌，你愛得愈深，就受傷愈重。但只要你把過去認知的「愛」層次分明地抽絲剝繭，就會發現你所謂的「愛」裡，有很多「非愛」的成分，**最顯而易見，連你自己都不容否認的是：嫉妒、佔有和操控。**

只要你對於愛，有些條件式的期待，就開始自欺欺人的對待。

奧修對於這一點，有很精闢的見解：「你所謂的愛可能隱藏了許多非愛的成分；人類的頭腦一向機伶狡猾，它欺騙別人也欺騙自己。」

他特別教導學生，澄清「愛」與「性」的不同。**如果用愛來掩藏性的欲望，就很容易「用後即丟」**。那些在流連夜店玩撿屍遊戲的男女，最能體驗這種只有性沒有愛的感覺。半夜片刻的熱烈，清晨醒來的空虛，讓人在傷害對方、與被對方傷害之間，錯亂了對愛的追求，也遺忘了對愛的渴望。

當你陷入熱戀，發現剛剛一拍即合愛上的對象，跟他的前任還有聯絡，你試著破解他的手機密碼，揭開他們藕斷絲連的醜陋面目，你不但被不愛所傷，也傷了對方和他的前任情人。

日常的操控，既存在情侶、夫妻，也存在親子之間。只要他不照你的意思做，你就感覺受傷。你並非被愛所害，而是被不愛所傷。針對這些困擾，奧修的解惑是：「愛是毫無條件尊重對方的一切。當你無條件愛一個人的一切，就不會覺得受傷；你反而會因為愛而更豐富。愛，讓每一個人富有。」

**尊重對方，給他自由。即使他的自由，辜負你的期待，你仍祝福成全。這就是愛！**你並不會被這樣的愛傷害，而且你會帶著自信離開，前往下一段更適合你的人生旅程。

權心權意
愛的筆記

愛是寬容，愛是豐盈。
如果你沒有感覺到寬容與豐盈，
都不是愛！

如果兩人可以在愛中生活一輩子，
沒有人會妨礙他們。
沒有必要結婚，沒有必要離婚。
愛應該是一種絕對自由的行為。

要用三言兩語，來解釋奧修對於感情自由與婚姻制度的見解。顯然是連像我這樣的資深寫作者，都力有未逮的任務，確實是很大的挑戰。

但是對於詳讀奧修系列著作，並且長期研究男女關係的我來說，刻意避開這個話題，更是對讀者不負責任的行為。因此，請容許我勉力而為，純粹回到個人的角度，分享我對奧修在婚姻制度上的主張，最淺顯的心得。

奧修對婚姻制度常有驚人之語，例如：「人們因為自由彼此相遇，當你覺得你已經從這個女人身上探索到整個女人的特色，而女人也知道她經驗到任何可能從男人身上經驗的東西，那麼就是彼此帶著深厚的情誼道別的時候。不需要繼續綁住彼此。一個完全沒有任何男女之間契約的世界會是無比可愛、美好、不無聊、充滿趣味的世界。但是我們制定了制度，活在制度中並不是什麼好的經驗。」

他甚至說過：「如果我們不允許人們自由；讓他們陷在婚姻裡，陷在他們自己的承諾中，這個社會永遠不會快樂。」他又說：「沒有靜心的愛注定會失敗，它沒有成功的可能性。你可以假裝，也可以欺騙對方，但是你騙不了自己。你內心深處知道，所有承諾的愛仍然無法讓你感到滿足。」

若有人刻意要斷章取義，很容易解讀為：「奧修不限制男女交往的關係！」「奧修認為不需要婚姻，伴侶也不必有承諾。」

但只要你仔細讀過奧修的作品，或隨著心智成熟階段不同而重複多讀幾次，將會發現，比較正確的詮釋邏輯，可能是類似我說的：「愛，不能只是靠婚姻制度綁住彼此！」「當兩人已經不愛彼此的時候，過去再多的承諾，其實也無法保證什麼！」

從這個角度來理解，奧修看似驚人之語的論點，卻是很真實、很自然、很坦白的說法，他既不做作，也沒有假道學。甚至，他常以天真的赤子之心，有意或無意的拆穿虛假的面貌。

再說，要做到奧修所說的「從這個女人身上探索到整個女人的特色，而女人也知道她所經驗到任何可能從男性身上經驗的東西」這是必須要經過很多深刻的感情歷練，才能達到的境界。絕對不是碰到阻礙就輕易分手的伴侶所能企及。如果你總是碰到問題就輕言放棄，甚至還以為自己是「良禽擇木而棲」，經常換伴侶，就很可能淪為「玩咖」，而無法體會到真愛的意義。當然，如果對方是暴力狂，你還是要趁早離開。

我並不認為奧修對於愛情與婚姻的看法，是要紅塵男女縱容自己玩世不恭，而是要大家帶著自己的覺知，擁有絕對的自由去探索，而不是被人為的制度所限，刻意表現屈意奉承的樣子。他要人們自由自在去經歷任何不是愛的經驗，最後會發現真正的愛是什麼樣子。

奧修說：「真正的愛在蜜月期結束之後才開始。但那時你的頭腦認為這一切都結束了、完了：『找別的女人，換別的男人。再繼續下去還有什麼意義呢？已經沒有樂趣了！』如果你繼續愛，愛的深度會增加，它會變成親密。一種優美的品質就會發生。它現在有了一種細緻，它不再膚淺。它不是樂趣，它是靜心，它是祈禱。」

真正的愛，並不是被規定、被限制、被承諾而存在，而是你在最自由自在的前提下，仍願意與對方合而為一。

權心權意
愛的筆記

自願要做比翼雙飛的一對鳥兒，
不會需要用籠子來限制任何一方的自由。

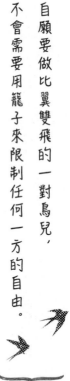

你多了解幾段關係、多經歷過幾段關係後，
你就會知道哪些事會對你和伴侶造成痛苦，
哪些事會幫助你們創造充滿愛、
和睦和快樂的生活。

「從一而終的觀念，已經是過去式了！」

你真正相信，並接受以上的說法嗎？或許，在別人身上，你是無所謂的；但是，套用在自己的擇偶條件時，「雙重標準」的矛盾，立刻顯現。

如果你是男生，面對兩位條件一模一樣的女生，都非常吸引你，唯一不同的是：其中一個是沒有感情經驗，另一個曾經未婚生子而且墮過胎，你會想要跟哪一位在一起？

假使你是女生，有兩位條件幾乎相同的男人同時追求你，唯一不同的是：其中一個到目前為止都是單身，另一個離過婚，你會優先選擇和哪一位開始交往？

我知道，這種假設前提很無聊，也不容易在生活中同時發生，但這個情境可以考驗你的邏輯思考，而且不只是主動挑選對象時可以參考，你也可以換個角度揣摩，當你本身是被選擇的那一方，究竟是哪一種條件，比較容易受青睞？

從世俗的眼光來看，感情履歷愈少的，愈容易被歸類為單純清白；沒有離過婚的，也好像比較容易被視為人生勝利組。但是，奧修並不認為如此。尤其，他認為婚姻制度是人為設計的，試圖用一紙合約綁住對方，並不符合人類對於愛與自由的渴望。**當兩人真心相愛，懂得彼此尊重，就不需依賴婚姻制度束縛。**

奧修對於婚姻制度的批判，常被視為驚世駭俗的言論。但其實他也說過：「如果你愛你的太太或先生，你們儘管在一起一輩子，沒有人阻攔你。」兩個人若要遵從一對一的關係，**從一而終，白頭偕老，仍是值得祝**

福；但是，如果兩個人的關係，愛與信任的程度，並不足以維繫這段感情，而是必須靠婚姻制度來規範彼此的權利義務，彼此就不是獨立的個體了。

我建議讀者，在尚未確定自己對婚姻價值的想法之前，未必要急著去贊同或反對奧修在婚姻制度方面的看法，畢竟他對人類之所以是人類，而不是一般動物，是因為人類具備非常崇高的價值，不是每個人在有生之年都能完全體認，並加以實踐。倒是可以對奧修的觀點咀嚼思考之後，重新檢視自己對於婚姻價值的期待，並對照自己在感情的作為，評估你能給予自己與對方的空間與祝福。

最近這幾年來，台灣社會有些特殊的現象，早就享有法定婚姻制度的異性戀者，傾向遲婚、不婚、不育。即使離婚後碰到意中人，也多半選擇同居而不再婚。而原本無法受到婚姻制度法律保障的同性戀者，現在也已爭取到婚姻平權。

婚姻，承諾一對一的相守，共享彼此所有，究竟是兩人相愛必須有的基本保障；或是越過世俗需求之後的崇高理想？這個問題，值得所有在圍城內外的人都好好想一想。

但奧修所重視的，並非經濟或心靈的支持，而是靈性的成長，他認為每一個人對感情都可以有自由意志的選擇，而不該受困於制度中。他說：「你們或許因此更了解彼此，想一輩子都在一起，但不是出於婚姻的牽絆。」

奧修認為這不是崇高的理想，而是最近在眼前的現實。若尚未有過任何不同相處模式的經歷，不曾深刻體會哪一種人或哪一種形式適合自己，就要求兩個人永遠綑綁在一起，這才是空泛的理想。

真正現實的生活應該是：在相愛的這一刻，彼此真心對待；不用去擔心下一刻，你們會不會繼續在一起。如果能在一起，就繼續下去；假若其中一方想要離開，就尊重他的選擇。千萬不要因為想要控制這段感情，而讓自己惶惶不安，彼此都不開心。

權心權意
愛的筆記

在感情與婚姻中，彼此的信任愈多，雙方就愈能夠自由。

# 注意三次

佛教有一種獨特的靜心方法稱為「注意三次」。如果一個問題浮現了——比方說，某些人突然覺得嫉妒、貪婪或憤怒——他們必須留意這個情緒三次。如果憤怒在那裡，弟子就必須向內在說三次：「憤怒……憤怒……憤怒。」只要完全注意到它，就不會失去覺知。然後，他就繼續做自己的事。

他不會對憤怒做任何事，只是注意它三次。

# 愛・不對立

男人與女人一方面是對方的另一半，另一方面，他們又是相對的兩極。他們的對立性吸引著彼此。

一對伴侶共處多年，他們仍然很可能是最熟悉的陌生人。除非，彼此能意識到雙方有多大的差異，並且願意學習面對這些不同，再以互補的心態去讓對方完整。

關於男女大不同的論述，這二十年來如雨後春筍般，從腦科學、心理學、溝通學……等各種角度提出論述，證明男人和女人想的不一樣。例如：男人習慣有目的性的購物；女人喜歡漫無目的地逛街。男人找路時，習慣看地圖；女人迷途時，喜歡向人問路。男人說話，習慣單刀直入；女人聊天，喜歡多點鋪陳。

這些研究與觀察，都很貼近現代男女的日常。但是，知道這些差異，然後呢？伴侶之間的相處或相愛，是不是就沒問題了？顯然不是！從認識差異到填補鴻溝，需要改變行為，誰都知道這是最難做到的。除非，你從改變觀念開始，透過靈性的學習，站在對方的角度，體驗跟你完全不同的立場，引導自己前往愛的正確路途。

奧修認為，沒有覺知的伴侶，把生命大多數的時間，都浪費在「吵架」和「做愛」這兩件事情上。但很不幸地，再多的「吵架」，沒有讓他們獲得共識；再多的「做愛」，也無法讓他們更相愛。

早在半個世紀之前，奧修就提醒男女之間有很大的差異，他說：「當他們靠近時，他們想更親密，他們想要融入彼此，他們想要合而為一，成為和諧的整體，問題是，這整個吸引力所依靠的是對立性，而和諧會消融對立。除非有一個非常具有意識的戀愛關係，否則會造成極大的痛苦與麻煩。」

近代研究兩性的專家，建議男女雙方以了解與包容化解歧見。奧修則從靈性的觀點說：「男女是一體的兩面，愛與靜心也是如此。靜心是男人；愛是女人。靜心與愛的相會是男人和女人的相會。」

很多人在戀愛中，被興奮的感覺刺激；甚至在性愛中，也在追求這種興奮。但會讓兩個人持續感受幸福的，並非短暫的興奮，無論是浪漫的喜歡、或激烈的性愛，都不是愛的最高品質。奧修說的「靜心」，是興奮消失之後的喜悅，**是當感官沉靜下來，內心升起的寧靜與沉穩。**

我很喜歡奧修所形容的方式：「讓愛與靜心緊密連結，讓每個男女雙方自然成為靜心的伙伴；每次的靜心都使你變得更有意識，你不再墜入愛中，而是在愛中升起。」

而靜心究竟是什麼？要如何才能達到？它似乎遠在天邊；卻又近在眼前。

你總要願意出發，才會抵達。如果你和你所心愛的另一半，願意共同獲得靜心之愛的品質，就嘗試去了解彼此，站在對方的角度看世界，正如奧修說的：「四隻眼睛總是比兩隻眼睛好。你會有全方位的視野。」

明瞭男女之間的差異，其實只是相處中處理雙方歧見的一個開始而已。我始終認為，除了理解彼此思想與行為方式的不同，還要學習更多靈性的功課，才能真正相互包容。

不要仗恃著自己多麼懂得對方，就在兩人間製造更多對立，更不要把柔軟的心當作箭靶，試圖準確地射入對方的紅心，以為這樣做，才能勝出當一個感情贏家。

奧修所指導的「靜心」，運用在伴侶相處過程，可以是：**在所有的差異**

與衝突前，先讓自己停下來，有足夠的時間去觀看、去思考，而不要急著應對、不必用盡策略。

處於「靜心」的時刻，你將會在對方身上看到自己，從恐懼與憤怒中走出來，還給雙方平靜與喜悅。

權心權意
愛的筆記

相愛的兩個人，不堅持只有自己是對的，
才能在異中求同。

全然的恨就像全然的愛一樣美；
全然的憤怒就像全然的慈悲一樣美。

常有讀者在大型演講現場，當面對我提出以下的問題：「你是一個正向思考的人嗎？」「你是一個很樂觀的人嗎？」「你是否都假定人性本善？」

當這些問題一再出現，我相當可以體會這個社會有部分民眾被制約了，而另一些民眾試著反制約。正如同《這才是吸引力法則》（商周出版）、《祕密》（方智出版）這些書籍大為暢銷後；繼之而起的是《負能量》（時報出版）當道。接著《失控的正向思考》（左岸文化）一書又試圖帶領讀者進一步反思，是否一味地相信「正向思考」，整個人生都被催眠了？

我之所以能夠深刻體會，是因為自從我的某些作品，大量被歸類於「勵志系列」後，有些並沒有仔細讀過我的作品的網友，以匿名方式在網路上暗諷類似的書籍都是「假道學」，而我並不在意這些誤解或批評，是因為這確實都是誤會。

我從未在自己的作品中，單向地對讀者鼓吹這世界只有光明、沒有黑暗，只要努力就會成功、不會失敗。**生命中，有太多事情令人力有未逮，我們只能在「做好最壞的打算」同時，也能保有「最樂觀的期待」**。這是我度過灰敗青少年時期之後的人生哲學，也是我在這一路跌跌撞撞以來，所秉持的態度。

一味地「正向思考」，並不能解決所有的挫折，當失敗的結果出現時，該來的總是會來。你不會因為每天早上起床後高喊：「我很棒！」「我很好！」

「我一定會成功！」原本的崎嶇坎坷，就瞬間變得平坦順遂。也不會因為你決心要好好愛一個人，對方就乖乖如你所願地被愛。

如果你只是正向思考，當你用盡心力愛一個人，對方卻做出背叛你的事情時，你的人生信念，很容易在你發現真相的那一刻崩毀。除非，你能接受這個事實，並且在受苦中學到經驗。

你若還是逼迫自己，只能繼續愛著對方、只能選擇原諒，而堅決不讓自己生氣、不讓自己哭泣，就活得太壓抑、也太扭曲了。**當你懷恨時，你就去敏銳地覺知自己的感受，觀照這個恨意，然後等它消失。**你不要逃避它，更不要扭曲自己說：「我真愛他，就不該恨他。」你之所以會有這種想法，是因為你一直被傳統教育限制，認為愛與恨就像一山不容二虎。你擔心恨過以後，就愛不回來了。

奧修說：「恨不會摧毀愛，只會摧毀愛的陳腐。它是一種清理，你了解了就會感激它。如果你也能夠感激恨，你就真的了解了；那麼，沒有任何東西能夠摧毀你的愛。你第一次真正植根於大地；你能夠承受暴風雨，因為它變得更有力量、更豐富。」

這段教導最重要的意義是：敞開你的心，破除「二元對立」的障礙，這世界並非永遠只有「我跟你媽掉在海裡，你要救誰？」的選項，你要努力的不是選邊站，而是容許所有的對立都可以相融地存在。

愛與恨，美與醜，善與惡，若可以兼容並蓄地存在你的世界，內心就不會產生過度的偏執；當面對事情發展或彼此關係未如己意時，你比較可以接受另一種與自己意見不合的可能性。

你可以渴望光明，追求美好；你也能忍受黑暗，承擔痛苦。這樣才是真實而完整的人生。

權心權意
愛的筆記

讓內心維持平靜，
容許愛與恨各自和諧地存在，
不要自我矛盾抗爭！

心的途徑是美好而危險的。
頭腦的途徑是平常且安全的。

有關於「心」與「腦」的論述，是奧修哲學中最簡單、也最深奧的章節。剛接觸靈性學習的讀者，不容易在一頁之間或一夕之間讀懂它。但是，一旦通曉之後，又那麼容易融會貫通，只不過從「知道」到「做到」的距離有多遠，就是另一回事了。

如同奧修所說的：「你的心比頭腦更接近你內心深處的本質。如果你向外走，頭腦是捷徑，心則是一條非常漫長的路。如果你向內走，那就完全相反：心是通往本質的捷徑，而頭腦是你所能想到的最漫長的路。」

多數人這一輩子，都在用「腦」過日子，而不是靠「心」指路。「腦」蒐集很多資料，用邏輯判斷，權衡得失，而且大多數的時候，在否定心的感覺。

你在情感上很想去做一份很有興趣的工作，但理智告訴你：「不行！那工作充滿不確定，困難很多，也可能賺不到錢。」於是，你繼續停留在一份可以勉強餬口，但令自己很不快樂的工作上很多年，甚至是一輩子。

再以戀情為例，濃烈的愛，帶著傻氣。你們手牽手，雨中散步，感覺浪漫。這是「心」的體驗。若換做「腦」來指揮，它會抗議說，沒必要這樣淋雨，而且再這樣走下去，兩個人都會著涼。

「腦」，是邏輯理性的；「心」，是感性柔軟的。依照奧修的比喻：「腦」，是男人；「心」，是女人。他說：「就外在的世界而言，男人選擇了生命中最安全、最短的捷徑。女人選擇了最美，但也是最崎嶇危險的道路；那是情緒的、情感的、心的路。到目前為止，整個世界都是由男人所主導，於是女人遭受極大的苦難。女人無法適應男人建立的社會，因為那個社會是根據理性和邏輯創造的。」

然而，「心」更接近生命的本質。當你從「腦」這扇門走出，去尋找愛，你會繞很遠，找不到回家的路。你唯有從「心」出發，才能與愛相遇。

奧修說：「因為從愛開始，它很容易就能帶你來到靜心，帶你來到你生命的核心，帶你來到你的神性；從頭腦開始的話，則很困難。一個人必須先到達心，然後他才可以走向他的本質。」女性比較接近心，比較靠近本質。但女性也比較危險，因為情緒豐富而善變，容易陷入恨與嫉妒的漩渦。因此，女性必須比男人更能夠保持高度的覺察，才不會墜落。

奧修給男女不同的建議：「女人必須拋棄嫉妒，必須放下恨。男人必須放下邏輯，更有愛。」兩人才能共同打開心門，透過愛，來到靜心，享受喜悅與恩典。那是最純粹、最深邃、最無條件的愛，也可以說最接近神性了。

最近這幾年，各個新世紀（New Age）、禪修、靜坐、冥想、脈輪、靈性成長的不同門派，幾乎都不約而同在強調「心」與「腦」的不同。大致上的說法，都差不多。但因為透過翻譯使用的文字不同，讀者也很容易混淆，尤其若牽涉到「意識」「潛意識」「本我」「高我」等比較抽象的觀念時，初階的讀者若是對比不同學派的說法，就更搞不清楚頭緒。

建議可以先從我幫大家整理好的這些觀點入門，大致先分清楚「心」與「腦」的方向截然不同。「心」是直覺的感受；「腦」是邏輯的判斷。奧修認為，一般人都是用「腦」當主人，讓「心」成為僕人；這是非常錯誤的。他主張應該倒過來：讓「心」當主人，讓「腦」當僕人。也就是透過「心」的主導，「腦」的協助，通往生命最慈悲的本質。

大約一千六百年前，由唐代大師玄奘翻譯佛學的《心經》講到：「照見五蘊皆空，度一切苦厄！」這「五蘊」指的是形成生命本質的五個要素，色、受、想、行、識，若用簡單直接的白話說，就是外觀、感受、想法、行為、判斷，這些都是「腦」的功能，佛陀要人們看空，也就是打破這些透過「腦」而得到的主觀成見，才能經由「心」而覺悟生命的本質，是慈悲大愛。

《心經》早就為「心」與「腦」的作用，寫下既簡單、又深奧的註解。

權心權意
愛的筆記

「腦」對判斷交通路況很嫻熟；
「心」擅長於帶領通往靈性的道路！

一個從來不生氣的人，他也沒有愛的能力。
愛和憤怒是一體的兩面；它們是整套的。
一個真正能夠愛的人，也是真正能夠生氣的人。

有一位心地非常善良的親友，習慣在生活中對別人犧牲奉獻。當然，很容易想見的是，這樣的人很容易委屈自己，累積許多不愉快的情緒。

他很信任我，知道我不會再去對別的親友傳話，也知道我對這些負面能量能夠消化，於是常找我傾訴，把我當作他私人專屬的心情垃圾筒。

起初，聽多了他的憤怒與埋怨，我還滿擔心他的情緒會影響身體健康；後來，每隔一段時間聽他說幾次健檢報告都還可以，我終於發現一個事實：情緒，只要有適當的抒發管道，反而可以平衡身心靈；完全沒有察覺情緒，**或過度壓抑情緒，其實才會影響健康。**

東方許多經典的人生哲學，都勸人要多忍讓。所謂「退一步，海闊天空！」道理雖然沒錯，但所有的偉人，好像都忘了教大家：究竟要怎麼退，才不會把自己逼入絕境，或摔到粉身碎骨？

你必須學會退一步的正確方法，身體退下，憤怒也跟著退下；否則，你退一步，通常感覺海闊天空的，都是對你得寸進尺的人，而不是自己。在這裡所謂的「身體退下」，是指當憤怒產生時，身體不要馬上衝動去做事，那會對別人也對自己造成不必要的傷害。而是先觀照、看著你的憤怒，憤怒的能量就可以被轉換。

奧修的建議是覺知你的憤怒：「學習覺知、警覺、覺察。當你覺得生氣時，不要壓抑它；讓它在那裡。只是覺知。看著它，把它當成你外在的某種客體。慢慢的切除你對頭腦的認同。那麼，你就會找到你真正的本性，你的本質，你的靈魂。」如此你就不會在憤怒的情況下，做出不當的言行。

一個人會生氣，是因為大腦的反應。當你在意的人表現不符合你的預期，或是有人故意挑釁，你就會被這些刺激影響，而感到生氣。人有情緒，是正常的。傳統的道德教化，明示或暗示你要忽略這些憤怒的情緒，壓抑生氣的感覺，但它們會被驅趕到潛意識裡，總有一天會在你不知道的時候、用你意想不到的方式反撲，你會傷害到自己，也可能傷害別人。

很多人不願意面對情緒，甚至直接逃跑，因為他們從不學習如何對待情緒，所以把情緒視為洪水猛獸，只要一出閘門就會失控。

刻意壓抑生氣，你以為是在保護你和對方的關係，其實錯了，你只是在延緩，並且強化你們必須要面對的情緒問題，讓火藥堆積在你更無法控制的彈藥庫裡，直到你找不到引信的時候，就等著見識它突然爆發的強大威力。

傳統的道德教化，目的是為了提升靈性。奧修並沒有全盤否定靈性必須提升的意義，但他摒棄用道德的規範來壓抑自己的憤怒，而是教導門徒要從根本的覺知開始，只要覺知，憤怒的能量就會轉化，真正的道德會隨之而來。奧修認為，先覺察自己的憤怒，覺知這個情緒，不要否定它、不要忽略它。當你可以覺察憤怒，跟自己說：「我正在生氣！」「我現在很生氣！」接著你就會慢慢學習到如何釋放情緒，轉化情緒。

**學會正確表達情緒，其實也是有效溝通，很重要的開始。用對方聽得懂的語言，說出自己內心真正的感受，不批評對方，也不做人身攻擊，讓他可以了解你。**無論你的生氣是不是有你的道理，至少讓對方知道你在氣什麼。

奧修強調：「表達你自己。但記住，表達並不代表不負責任。明智的表達，就不會有人因為你而受到傷害。」

只要對愛有信心，也有承擔的能力，就不要害怕表達情緒。偽裝與壓抑，不但無助於彼此的關係，也有害健康。**你不敢發脾氣，未必是修養好，其實是你對這段關係沒有信心。**你怕發脾氣之後，彼此傷感情，無法回復關係。

相對地，當你的伴侶，願意在你面前直率而不矯情做作地表達情緒，證明他很愛你，他在你面前很有安全感，他知道這些情緒不會嚇到你，也不會傷害你。

權心權意
愛的筆記

情緒，不會傷人。會受傷的，都是因為不知道如何正確地處理情緒。

玫瑰和她的刺是一起成長的。
如果你在某些時刻無法憤怒的生氣，
你也沒辦法強烈的去愛。

如果你想要對奧修的觀點融會貫通，建議你不要執著於他系列作品中字面上的意思，而是更深入地去思考，他所主張的想法背後真正的意涵。奧修為什麼要鼓勵他的門徒學習表達情緒？我認為，對一個正常人來說，能夠完整清晰地表達情緒，最重要的意義是：要保持內在真正的情感、維持生命的熱情與活力。

相對之下，**習慣壓抑自己，會讓你忘了自己真正要的是什麼！**

就像大多數的孩童，在成長的過程中，父母一直限制他「不能做這個」、「不能做那個」，長大之後的他，只記得那些父母千叮嚀、萬囑咐種種的「不能做」，而完全不知道自己「能做」的是哪些？

表面上，習慣壓抑情緒，會讓一個人看起來控制得宜。然而，很可怕的是，**最後會控制到感覺自己沒有在控制。當一個人經由壓抑，而能夠時時刻刻表現平靜，最終會平靜到忘了怎麼哭、怎麼笑的地步。**這樣的人生，不但沒有意義，也是失去了身為一個人最基本的興趣。

壓抑情緒，也讓我們變得不夠勇敢。怕笑得太大聲，被責備為沒節制；怕哭得太大聲，被輕視為很軟弱。然後我們變得依賴別人的指揮，才能知道自己該做什麼、不該做什麼。

小心翼翼壓抑著憤怒的人，無法好好盡情地去愛別人。他總是害怕自己表達情緒時，可能會傷害到對方。於是，變得過度隱忍。對方不是得寸進尺地讓他更壓抑，就是百思不得其解地覺得他很冷漠。

我有一個很要好的女性朋友，在每一段感情中極度隱忍，分手的模式不外乎這兩類：一種是自己隱忍到很疲憊，主動提分手；另一種是對方覺得她不夠愛他。前者，還能理解；後者，耐人尋味。

她不敢輕舉妄動，令對方覺得沒反應。在生活中如此；在性愛中也是一樣。無論他怎樣對待，她都沒有反應。沒有感謝、沒有憤怒、沒有鼓勵、沒有埋怨，最後就變得是沒有激情，也沒有結果。

所有看起來沒有脾氣的人，一旦踏入愛情的領域，若繼續隱忍的態度，就很難深入對方的內在。因為他自己對別人觸及他的內心深處，都會有所防衛，有所抵抗。所以，兩個人的相處，就只是淡淡地、淺淺地。井水，不犯河水。你不犯我，我不犯你。君子之交，淡而無味。可以做泛泛之輩的朋友，沒有辦法真正地交心。

權心權意
愛的筆記

怕碰觸刺的人，摘不到新鮮的玫瑰。
壓抑情緒的人，交不到真心的朋友。

男人和女人
都應該同時像玫瑰花瓣一樣柔軟，
同時也要像劍一樣剛強。

最近這二十幾年來，坊間已經有很多出版作品，以「男女大不同」為主體，試圖讓讀者明白：男人與女人的生理結構不同，心思與想法也很不一樣，而達到彼此了解，甚至和解。

其中最經典的國外作品首推美國約翰·葛瑞博士（John Gray, Ph.D.）的《男人來自火星，女人來自金星：男女大不同》（生命潛能出版），開啟台灣出版市場的風潮，繼而是亞倫·皮斯（Allan Pease）和芭芭拉·皮斯（Barbara Pease）合著《為什麼男人不聽，女人不看地圖？》（平安叢書）等系列作品繼續接棒，為讀者揭開「男女大不同」的面紗。

在我所出版的一百多本著作中，也有十幾本的主題與「男女大不同」相關，例如：《男人心，迴紋針》（時報出版）、《因為不一樣，愛得更堅強》（時報出版）、《懂男人的女人最幸福》（高寶出版）、《男人想要、女人該懂的親密關係》（皇冠出版）、《他比愛你更愛你——男人不壞，只要你用對方式去愛》（皇冠出版）等。

和國外作者的大作不同的是，我除了加入了很多本地的個案，以及華人世界的觀點之外，還特別強調：雖然男女生理與心理大不同，但僅僅是彼此了解還不足以讓雙方達成和解，最重要的是各自必須去發掘內心深處被壓抑已久的另一半特質。

我本來以為自己早在十五年前就有這個見解，是受到一九九九年時報出版的《創造力》作者米哈里・契克森米哈賴（Mihaly Csikszentmihalyi）的影響，我曾引述書中的觀點，提到未來最有創造力的人類，必需具備複合性的性別思考，並非不男不女，而是能夠隨時跳躍於男性與女性的思考之間，取得最佳的觀點，又不衝突。

直到近幾年來遇見很多有才華的人、經歷很多很具挑戰的事，又重讀幾次奧修的系列作品，我才確認早在半個世紀之前，奧修就以先知般的預言，對他的信眾開示過這個觀念：每個人的內在，其實都共存有男人與女人的特質，不應該被一分為二，也不應該被局部壓抑，而是應該被重新開啟，而且兼容並蓄。

奧修說：「如果當時的處境要你成為一把劍，你是準備好的；如果當時的處境需要你成為一瓣玫瑰，你也是準備好的。這份能夠在玫瑰與劍之間游刃有餘的彈性，會使你的生命更加豐富——你將不只是在這兩種品質之間遊走，而是在所有的品質之間都能自在對應。」

如果一個男孩，從小就被教育，你不能哭，不可以表達情感，他將來就會失去付出愛的能力；相對地，如果一個女人，一直被禁止爬樹，她將來就會失去冒險的勇敢。

愛、慈悲、同情，是陰柔的。叛逆、勇敢、堅強，是陽剛的。無論男人或女人，內在必須陰陽調和，才是一個完整的人，也才能夠好好對待與自己不同性別的人。

如果你在童年的成長經驗中，父母沒有將你教養成一個既可以是「玫瑰」、也可以是「劍」的孩子，一路成長到現在，你始終無法兼具「溫柔」

與「勇敢」兩種特質；現在正是一個很好的時刻，你必須擺脫過去的不足或缺憾，給自己「第二次誕生」的機會，重新活出能哭、能笑、能柔軟、也能堅強的人生。

權心權意
愛的筆記

無論生理的性別是男或女，
都讓自己可以是：
勇敢與溫柔兼具；堅強與體貼並存。

男人的問題在於他的理性，
女人的問題則在於她的感覺。
兩者都是成道的阻礙。
男人必須放下他的理性，
女人必須放下她的感覺。

不久之前我曾經受邀參加一場以性別議題為主題的論壇，席間有精神科醫師，以及其他心理諮詢師，還有另一位藝文界的男性嘉賓。

幾輪發言過後，男性精神科醫師在播出幾張取材自國外網站的投影片，有關男人與女人腦部的反射區後，未經對方允許，就當場對觀眾解析這位藝文界男性嘉賓的特質，說：「他的生理是男性的，但頭腦是女性的。」

我觀察這位來自藝文界的男性嘉賓，他展現極佳的風度，面對這些不請自來、而且很失禮的當眾解析，沒有提出抗議、也沒有辯駁，只是用微笑回應對方。但我同時也察覺到其他專業心理諮詢師並不贊同這位男性精神科醫師的做法，紛紛投以：「你是有解剖過他的大腦嗎？」「他頭腦是女性，關你什麼事？你憑什麼當眾論斷別人？」

最近幾年來，腦神經科學的研究發展，確實對大腦的各種反射區有更多的了解，但大多數是來自西方國家專家的研究或論文，台灣有很多號稱這個領域的學者專家，並沒有實際的研究經驗，都是東抄西抄國外的論文就在演講中大放厥詞，所以也常犯以偏概全的錯誤。

這些號稱很懂腦神經科的學者專家，盜用國外未經授權的圖片與理論，演講完畢還要主辦單位不能流傳投影片，以規避版權問題，對照於奧修以靈性的解析男女大不同的智慧，不禁令人莞爾。

在奧修傳道的年代，腦神經科學並沒有如此發達，但他已經能夠一針見血地指出「男女大不同」究竟差異在哪裡？他說：「男人思考，女人感覺。」「理性是男性的，情緒是女性的。」

不只如此，他還進一步提出解決之道，而這個解決之道不需要解剖大腦，也不用服藥，只需遵從一個原則：「男人要拋棄他的邏輯，女人要拋棄她的情緒。**雙方都必須拋下一些擋在路上的阻礙。**」

男人，不要再一味地使用分析；女人，不要再無理地使用感覺。彼此多一點同理的傾聽，才有機會試著多了解對方一些。

無論你是男人或女人，在找回完整的自己之前，在重新恢復你被壓抑已久的特質之前，你必須先放下一些自己固守的東西。或許，這會讓你在一開始的時候沒有安全感，但這些你自以為是支撐你的力量，其實正是你往前進步的阻礙。

你要學著放下你習以為常的本能。一個女人若習慣以哭鬧，來索取男人的關注，她就永遠沒有機會和對方理性溝通。一個男人若總是以說理，來說服女人的觀點，他就永遠無法體會她的感覺。

通常一對男女在剛開始戀愛的階段，這些都不會是問題。因為在熱戀的前十八個月，彼此都會願意放下自我，成全對方。等到感情成熟了，就會回到自己還沒戀愛前的樣子，繼續堅持己見。

那些兩個人相處最需要的包容，常常被遺忘在戀情逐漸穩定的途中，直到爭吵不休而即將失去這段戀情，才有機會面對相處時最必要的真相，那就是：放下自己的成見，讓主觀意識歸零，若做不到，至少去掉一半以上的執見，重新學習另一半，才能有機會繼續牽手走下去。

權心權意
愛的筆記

這世界，除了男性和女性，還有神性。
而神性，不分男性、或女性。

一個世界上只有愛沒有恨——
愛就不可能會發生；
愛會與恨一起消失。

大多數人從小生活在被教導成為「二元對立」的世界裡，每個人的腦袋中，對於黑與白、美與醜、愛與恨、富與窮、乾與濕、鬧與靜等，都有清楚的定義。兩個極端，勢不兩立。

後來，當你漸漸懂得「一體兩面」的道理，知道這極端不同的兩面都是共同存在的，只是你從哪一面去看它而已。但是其中依然還是有些似是而非的觀念，讓你感到糾結。最明顯、最常被提及、也有點荒謬的實例是：「愛情和麵包，哪個重要？」「我和你媽掉在海裡，只能救一個，你要選誰？」

這世界所有透過別人給你的兩個選項，看起來都如此令人左右為難，但其實只是一個假象。**愛情與麵包，可以同時存在；媽媽與妻子，可以和睦相**

處。如果你長期受到「二元對立」的制約，很容易在第一時間就掉落必須在兩者之間擇一的陷阱。

奧修說：「生命不是邏輯的。它是兩極之間的運動。這兩極並非真的相反，儘管它們看似相反；它們也是互補的。恨與愛並不是兩件事；『愛恨』實際上是一件事。『生死』是一件事；『日夜』是一件事；『男女』是一件事。就像喜馬拉雅山的山峰與山谷。山峰不能沒有山谷而存在，山谷也不能沒有山峰而存在——它們是一起的。」

奧修鼓勵門徒同時去體驗熱烈的感受，與沉穩的靜心。甚至，靜心就是狂喜，狂喜也是靜心。

談到靈與性，奧修的立場鮮明，他真實地接納所有的可能，更不忌諱解讀每個人性的欲望。相對於其他某些宗教領袖、或靈性大師，對性避而不談的姿態，奧修的作風可以說是「明心見性」的這一類。他覺得這不但沒有什麼好避諱、也是不能刻意壓抑的。

奧修說：「物質主義者反對我，他們問我為什麼要把宗教性帶進來。宗教人士反對我，他們問我為什麼把愛帶進一個虔誠教徒的生活裡，我竟然敢談論身體和它的歡愉。這兩邊都在生我的氣，因為我說那是從性到超意識的途徑。他們一方想停留在性就好，另一方完全不想談到性，只談超意識。但我接受生命的全部光譜，我接受生命完整的一切。」

所以，他指導門徒：「我看待事情的方式是，不要做選擇。保持無選擇（choiceless）的，你就會看到這兩極的遊戲。光譜的兩端都是你的，你兩端都得體驗。是的，你必須是深刻、強烈、真正的熱情——你也必須變得冷靜、沉著和寧靜。你必須去愛，你必須靜心。靜心和愛不應該分開，它們應該像山谷山峰一樣綿延不斷。」

愛與恨，同時存在。**當你憎恨對方的時候，其實也表現出強烈的愛。如果你從來就不愛他，就根本不會有恨。**愛與恨，其實是連在一起的。

體驗過強烈的熱情，才會懂得真正的冷靜。當你兩者都深刻經歷，個別的感覺就會愈來愈清晰。

奧修認為：狂熱的激情，和沉浸的冷靜，是必須並存的。它們形成一對羽翼，讓你可以永恆地翱翔。

同一時刻的你，既是在活著、也在死去。體認並且接受死亡，你才能真心全意地活著。否則，其實也只是行屍走肉而已。同樣的道理，當你知道相愛的人，總有一天會分離，你才會百般珍惜地愛著對方，領悟每一刻的意義。

權心權意
愛的筆記

完整的生命是：
能夠自在地處於兩個極端之間，
不再害怕矛盾，而且兼容並蓄。

# 愛・性

年輕的時候，不要害怕愛，不要恐懼性。
如果年輕的時候害怕，到老的時候你會迷戀；
這樣就很難進入更深的愛裡，頭腦還依然在迷戀。

奧修認為，一個人到四十二歲，當生理上性的欲望慢慢消退，靈性的能量隨之漸漸升起，就會進入愛的更高層次。但如果你四十二歲之前都在壓抑，與它對抗，中年以後的人生就很容易失控，因為生理的能量消退了，頭腦的迷戀卻更加強烈。

他說：「當你超越性的時候，你會達到更高層次的性。平凡的性是粗俗的，更高層次的性一點也不粗俗。平凡的性是向外的活動，更高層次的性是向內的活動。在平凡的活動中，兩個身體交會，這個交會是外在的。而更高層次的性，是你們自己內在的能量交會。不是生理的而是靈性上的交會，這就是譚崔。」奧修說：「譚崔是把一般戀人蛻變成靈魂伴侶的科學。」譚崔是一種修行方式，它透過性，幫助人們進入靈性層次，甚至成道（可參閱奧修《譚崔經典》系列書），但絕對不是民間信仰中，盲目地與神棍合體的那種概念。

雖然奧修在不同著作的其他段落中提到：「我不會建議你試圖超越你的

性欲。我的建議剛好相反：忘了想超越它的念頭，而是盡你所能的深入它。當能量在那裡時，盡你所能的深入它，盡你所能的去愛，同時透過它創造出藝術。而不要只是『做完』了事。」

在我的解讀與理解中，奧修這一段話真正的意思是，不要刻意逃避性的念頭，當你年輕時能健康地面對及處理，中年後就會來到超越生理衝動的階段，反而有助於進入靈性的學習。不刻意超越，而是去經歷，最後反而可以超越。

若把性當作洪水猛獸，無論是壓抑或放肆，都很危險。壓抑，容易和自己對抗。放肆，容易和別人沉淪。

無論你是男人或女人，年輕時在性的過程中，透過伴侶完整了自己，來到中年之後，就有機會發現自己的心理，有一個男人，也有一個女人。他是父親、她是母親，也是我們自己。當我們可以平靜地對待內在的男人與女人，父母就會來到這裡再度相遇，重新相愛，另一個充滿愛的自己，於是就此誕生。

《假性孤兒》（小樹文化出版）作者琳賽．吉普森（Lindsay C. Gibson）在書中用一句話道盡天下子女的遺憾：「他們不是不愛我，但我就是感受不到。」大多數父母愛子女的方式，頂多傾畢生之力讓他溫飽，或進而享受榮華富貴，卻忽略孩子心理的需求。當子女在成長過程中，心理上感覺自己沒有好好被愛，就會變成缺乏安全感，長大後無法去愛別人，連被愛都有障礙。

華人社會有另一句名言：「養兒方知父母恩。」近年來很多出版作品，透過心理學或靈性的角度，鼓勵子女「原諒父母」，但我覺得仍無濟於事。基於認定父母有錯而強迫自己要學會原諒，常流於治標不治本。

對我來說，這是活到年近半百，父親過世十年、母親臥病十五年之後，我才有的深刻體會。這項功課真的非常艱難，因為言語無法形容，只能心領神會。

我體驗過最有效的方式是：學習完全地接納父母，不再對他們有是非對錯的批判。覺察自己的一切，身與心的全部，一半是父親給的，另一半是母親給的。我們完整繼承父母親兩位所有的優缺點，沒有喜歡或不喜歡，只有接受，只有愛。

奧修以更直接的方式教導學生：把自己誕生出來。

他提供的解決之道是：再生。印度稱它為：dwija。覺察肉體對性欲的渴求，而不是壓抑性愛的念頭。用正確的方式、充滿愛地去經驗它，中年之後你將會達到更高層次的性，和自己內在能量的交會。

權心權意
愛的筆記

更高層次的性，是靈性能量的高潮。深入肉身，到達內在。

前戲是性愛中最能令人滿足的部分。
前戲充滿更多的愛。

有人給奧修看一份汽車廣告，其中這句文案：「它比性更美好！」讓他驚豔。他說：「要是你看看四周，你肯定能找到無數比性更美好的東西。性不過是一隻老鼠，在氣喘吁吁、汗流浹背之後，兩個人最後都有被騙的感覺。」

**若要真正達到性高潮，就必須要有充分的前戲。甚至，前戲是最能夠讓雙方感覺到愛的時刻。**但是，人們常本末倒置，一味地想要追求性高潮，卻忽略該有前戲。奧修認為，這就像沒有踏上階梯，就想要爬上樓梯的頂點一樣。

前戲時間愈長，愈容易有性高潮，也才能鋪陳到後戲。奧修說：「前戲是很重要的——比真正的性接觸更重要，因為真正的性接觸只持續幾分鐘。

那並不會讓你滿足，只會把你帶入一個過渡狀態。你會想要更多，但你從性當中得不到任何滋養。」

在保守的觀念下，男女在成長過程中沒足夠的互動，反而一味地被譴責與壓抑，導致人們對性只剩下生理的需求與衝動，而沒有尊重與感恩。

當性被聚焦於滿足生理的需求與衝動，只在追求幾秒鐘的高潮，就會變得短暫而空洞，因此完事後更感到空虛。為了避免這樣的空虛，人們會想要透過更多刺激，來達成目的。但這是個負面循環，無論再強烈的刺激，都無法彌補空虛。

你常在媒體上看到的新聞案例，多少男女將彼此帶入危險的邊緣，劈腿、3P、嗑藥、性愛派對，都是因為只著重於追求性高潮的短暫刺激，最後卻一再落空的結果。他們變本加厲，無所不用其極，卻還是得不到真正的滿足。

所有的性變態，都是過度壓抑的結果。如果能夠從童年開始，以開放的心態讓孩子開始用正確的觀念，自由自在學習和異性相處，而不是壓抑和扭曲，就會以浪漫的心情去體驗彼此的愛。等到他們成長到達可以交往戀愛的階段，不會因為對性過度好奇，而做出違逆別人心意的事情。

當戀愛展開，而內在是純淨的，性不是只有高潮，還有前戲與後戲，完整而平衡，高潮就會轉入為極度的狂喜。

真正的性，是靜心。狂喜（orgasm），就是靜心。喜悅、平靜、和諧，彼此融入。**美好的性愛品質，絕對不只是性而已，還有更多的愛在其中醞釀，性才會精采。**

奧修談前戲，講的重點其實不是性，而是愛。甚至比性愛更重要的是，一個人對愛的品質所有的養成教育。

奧修特別強調人生每個階段該有的學習，以每七年為一個期間，童年開始教育孩子為性愛做好準備，鼓勵男女合班，讓青少年認識異性，不要刻意壓抑或干預，讓他們自由發展。

長大以後，從戀愛的浪漫，到高潮的靜心，中年以後不必依賴性愛而更深入靜心，伴侶關係中有更多的意義其實是做彼此的朋友，慈悲相待，但又各自獨立。

懂得前戲、願意前戲、做足前戲，確實關乎性的高潮與否，但更重要的卻是，彼此對愛的尊重與感恩。

**權心權意**
**愛的筆記**

前戲，不是性，而是愛。
來自開放自由、
不被壓抑扭曲的成長經驗。

做愛的時候，要全然的狂野。
愛不該只是一件局部的事——
不該只是生殖器官投入，
而是你整個人都應該全然投入其中。

和其他古聖先哲不同，奧修不只談人生、也談性，而且百無禁忌，血淋淋地切中核心。他不帶髒話、也沒有聳動的字眼，卻足以讓那些只要講到性就羞於啟齒的勵志專家們，感到坐立難安。

或許，也是因為如此，坊間有很多對性抱持保守觀念的人士，常刻意對奧修的文字斷章取義，令那些尚未深入奧修哲理的讀者產生誤解，以為放蕩淫亂是一種人生的追求。

其實奧修的主張是：不壓抑人性，應該信任天性。人類可以在愛的基礎上，有覺知地自由探索。如果不是基於愛，也沒有覺知，那只是盲目地衝撞，並不是有意義的探索。即使如此，短暫的挫折與失敗也有其意義，它會幫助你愈來愈明白，愛的真諦。

在性愛的觀念上，奧修建議他的門徒：讓情緒與身體充分合作。當你不刻意壓抑自己，身體就會充滿愛的能量。當身體可以隨著心擺動，不要再用頭腦操控，性愛就會達到高潮。而真正的高潮，來自雙方全然地投入。

傳統社會的不成文規範，是期望女性扮演被動的角色，任男人在她身上為所欲為，她還要假裝高潮來取悅男伴。男人使盡頭腦要操控彼此的性愛關係，是害怕女人真正達到高潮，因為男人生理上的高潮只有一次，並且只有幾秒，而女人生理上的高潮可以很多次、持續很長時間。男人深恐無法駕馭女人的需求，因此讓女人盡量不要觸及、也不要實現她的需求。

這些限制讓男人恐懼，怕自己不能勝任；也讓女性壓抑，怕太主動會失控。然而，這些顧慮都是生理的，人們忘記了真正的人類天性：人和其他動物不同。其他動物的性愛，只有生理；而人類的性愛，除了生理的高潮，還有靈性的高潮。

當人們可以在性愛中享受真正的高潮，強烈的狂喜將雙方帶到靈性頂峰，就能全然地放鬆，在瘋狂過後，沉沉睡去。這樣的性愛，一年只需要一次。

是的。真正的性愛，一年只需要一次。奧修這一棒，可以打醒很多人，他說：「每次做愛都一定是一次酷刑與一次重生。它太令人滿足了，所以你不需要天天重複這個經驗。人們太常重複他們所謂的做愛，是因為他們從來沒有滿足過。」

至於，到底應該怎麼做愛？到底要多久做一次？

奧修給予世人最智慧的解答：「不要把它當作是個問題。只要保持自然，讓事情發生。」

權心權意
愛的筆記

狂喜，就是靜心。
真正的高潮，
是生理與靈性同時到達顛峰。

做愛的時候，讓它成為一個靜心的過程。
你整個人必須在那裡，對這個女人展現你的愛。
女人也必須在那裡，
對她的愛人展現她的美麗與優雅。

性愛，是一種偉大的創造過程。當你閱讀這段文字，能夠理解並且同意，可能會聯想到生命的孕育。一個男人、一個女人，透過身體的結合與性愛的流動，生出一個小孩。

這個觀點固然沒錯，而我有另一層體會，性愛的創造力，不一定只是透過受孕而生出一個孩子，雖然那確實是一項非常偉大的創造，但並非每一次性愛都會孕育生命。

性愛的創造力，除了生育之外，還有另一項當下就能體驗的神奇意義，就是正在做愛的兩個人，彼此替對方、也為自己，創造生命的能量，獲得更完整的自己。

或許你也可以體認到，生命的能量與完整的自己，其實本來就一直在那裡，只是過去沒有發現。

一般男女很容易受到傳統的性愛觀念的影響，讓伴侶之間的性愛，變得進行的時間很短暫，而且流於例行公事。久而久之，當新鮮感過了，連性愛都千篇一律。男人積極主動，享受幾秒鐘的射精高潮；女人只是被動的配合，毫無感受到樂趣。

奧修說：「愛不應該是霸佔女人的魯莽行為。這種打帶跑的戀情不是愛。愛應該以美妙的音樂為前奏，一起跳舞，一起靜心。」他建議：讓女人主動，男人只須配合。

然而，當男人開始學習，願意在性愛關係上，還給女人主動的地位，未必就能達到預期中的喜悅，因為多數女性仍受到保守教條的制約。

幾年前，我曾推薦一位男性好友閱讀奧修的書，他卻為此感到困惑而提問：「我試著躺著不動，讓女伴主動，但對方並沒有積極配合，兩個人不就像兩隻死魚躺在床上。」我很了解他的問題，或許這也是多數人的問題。傳統觀念中總是要女性扮演被動的角色，甚至東方女性太主動就會被視為淫蕩，所以大多數的女性，在性愛中綁手綁腳。

好男人必須先讓女性有被尊重的感覺，佐以浪漫的音樂、與鼓舞的熱情，讓她有信心可以在床第之間打開自己。

奧修說：「如果你是一個有藝術品味的人，你做愛的寢室應該是一個神聖的地方，因為生命在那個愛的寢室裡誕生。那裡面應該有美麗的花朵、香氣、芬芳；你應該帶著最深的敬意進入裡面。」

女性的能量，是大地之母。當她可以自主控制時間與進度，從醞釀到激昂，接著愛潮洶湧之後的是陣陣不斷的餘波盪漾，她的喜悅遍及全身，甚至更多是生理與心理的共振。女人可以讓性愛在神聖中進行，彼此都會獲得超過生理需求的品質。

奧修一語道破地指出，男人的生理反應只是局部的、短暫的。如果由男人主導性愛，彼此都會覺得無聊，並且感到失望。

當女性掙脫長期被男性主義壓抑的束縛，回復她最原始的本能，源源不絕的愛就充滿其中，也會在發生親密關係的時候，灌溉彼此乾涸的心靈，創造幸福的能量。

權心權意
愛的筆記

親密關係的互動，需要靠彼此學習，
尊重女性的主導權，男人也會更幸福！

# 愛・單獨

愛會產生一種想要獨處的強烈需求，
單獨會引發一種想要結合的強烈需求。

當你聽到伴侶說：「我想一個人靜一靜！」你的反應是：驚訝、不平、憤怒，或是平靜、成全、祝福呢？

其實大部分的當事人，通常都會認為這是感情中的警訊；而且多數伴侶確實也都把「我想一個人靜一靜！」當氣話來說，用以發洩自己的憤怒，給對方一些警惕。

在熱戀期間，兩個人都覺得要綁在一起，才是正常；直到熱戀期結束，回復平靜的心緒，各自還給對方一些空間，彼此都可以喘口氣。

如果此時各自還有些看似冠冕堂皇的理由，例如：準備考試、需要加班、陪伴長輩、公務出差……好像不得不留出一點空間，雙方都會好過一點。可是，假使沒有這些藉口，愛到快要窒息的時候，還真的很難有機會暫時脫身，讓兩個人可以各自深呼吸。於是，熱戀的激情也像是一條橡皮筋，緊緊拉到極限，很快就會鬆垮掉。

華人圈熟悉的「小別勝新婚」，從來就只是一門藝術，而不是一項技術。因為，仍在相愛中的兩個人都說不出口：「我想一個人靜一靜！」總是擔心對方會誤以為，這就是代表「我不愛了」！或是「我想逃走了」！甚至是「我有外遇了」！

保留自己需要的空間，其實很重要。但是，正在戀愛中的人，總會有一種罪惡感。覺得我有時間卻不陪伴對方，是不對的、是不道德的、也是不體貼的。

於是，雙方可能都必須偽裝，讓對方以為分分秒秒都期待要綑綁在一起。除非，你對感情能夠有更多更深的一點體悟，才會明白、並且承認奧修所說的：「愛會讓你產生想單獨的渴望。如果你不獨處，你的愛會變得很貧乏。它會慢慢變成一個虛假的東西，它將失去它所有的真實。」

如果關係很好的伴侶，能夠正視彼此內在都有獨處的需求，願意尊重、並還給對方空間，這份感情可以維持得更久。

在戀愛中，有獨處的欲望和需求，是很正常的事情。你不要害怕自己有這種念頭，更不必為了有這個念頭，而充滿罪惡感。如果是對方主動提起，你也應該成全應允，而不是覺得自己被否定、被拒絕。

你或他，只是需要獨處，並不是選擇背離。萬一，在各自獨處的期間，有些難以控制的誘惑出現，那也將會是對這份感情最好的鍛鍊。倘若你對感情缺乏安全感，就算你們整天都栓在一起，也無法確保彼此的愛可以永遠不變質。更何況，還可能因為綁得太緊，栓得太久，而產生疲倦，導致相看兩厭。

相愛的同時，需要獨處；獨處的同時，還能相愛。相愛與獨處，可以並存在一段感情中。甚至，相愛與獨處，必須並存，這一段感情才會持續幸福更久。

不要害怕單獨一個人！即使愛到濃時，都必須保持獨立的空間與能力。在感情中適度的留白，是一種美感。它可以讓愛維持一定程度的新鮮感，也可以保留原本就該擁有的自我。這樣對雙方都是很好的鍛鍊，給彼此更幸福的可能。

權心權意
愛的筆記

相愛的兩人之間，各自要保持一點空間，讓彼此的幸福，可以不斷地注入。

如果你愛一個人，你會幫助這個人單獨。
讓他或她自己是如此滿足而不需要你。

近年來，很多媒體以習慣性的標籤化，強調這是「一個人的時代」；其實，自古至今都是「一個人的時代」。無論你是女是男、是少是老、是單身或已婚，人生不必走到最後，屬於自己「一個人」的人生，在你有所覺知的當下，就已經存在。

英文裡的「alone」和「lonely」，意思不一樣。「alone」是單獨的意思；「loney」則是孤單。單獨，是比較中性的字眼，講的就是一個人獨自的狀態；孤單，有些人可能會有負面意涵的聯想，牽涉到寂寞情緒的接納與處理。

我不是語言學家，對這些辭意的解釋沒有特別堅持或認定。因為從小到大都習慣一個人（alone）自處，就算有時候情緒上是孤單的（lonely），也覺得沒有什麼不好。但是，身邊的確有些朋友難以自處，也無法承受孤單的壓力。他們只要落單時，就很難過，非得找一個人陪伴、或是找件事情消磨，才不會窒息。

還有另一種朋友，情況更複雜，他是連身邊有伴的時候，都覺得孤單。因為他認為另一半不瞭解他，或是兩人的溝通很困難。於是，一個人的孤單，**相處時變成兩倍的寂寞。甚至，不只是雙倍，而是多了好幾倍。**

所以奧修認為：「真正愛的探索並不是一個為了對抗孤單的探索。真正的愛是把孤單蛻變成單獨，是幫助另一半。如果你愛一個人，你會幫助這個人單獨。你不會試圖滿足他或她。你不會試圖讓自己待在那裡使對方感到完整。你會幫助對方單獨，讓他或她自己是如此滿足而不需要你。」

多數的伴侶，是反其道而行。

他們在愛中創造一種被需要或被依賴的感覺，讓「沒有你，我就活不下去」成為彼此之間深情的證明。而這樣的愛往往經不起考驗，即使是慷慨的付出，都會帶著無意識的操控。

真正的愛，是尊重對方是獨立的個體，也幫助對方成為獨立的個體，彼此沒有期望要靠對方而得到什麼，無論是金錢或安全感，都可以自給自足。這樣的相愛，才會是沒有條件的付出、不帶任何私人期望的給予。

即使有一天，對方移情別戀了，你都能靠自己活下去。**因為彼此都是獨立的個體，你才有可能在分手時祝福**。否則，你若要依靠對方才能活下去，當他愛上別人時，你不想活了，也不會讓對方好過。

當你足夠獨立，才會在愛中給對方自由。你獨立；他自由。彼此才能做到奧修說的：「愛這個人，但給他完全的自由。愛他，但是一開始就清楚妳不是在販賣自由。」

愛與自由，兩者可以並存的前提，是雙方都是可以獨立的人。**愛，不是佔有；愛，是彼此相信，雙方都擁有自由**。如果，任何一方自由過了頭，超過另一方可以忍受的程度，就情願分開，讓他去追求他要的，你最終還是有你自己，沒有失去什麼。

自由，其實不是你給對方的。你有你的自由，他有他的自由。所謂「給對方自由」，更精確的意涵是：你尊重對方本來就擁有自由的權利，不會用自己的意識去綑綁他，也不會用自以為是的愛，去限制對方的自由。

唯有如此，你才會懂得回來認為自己值得保有本來就擁有的自由，而不會為了對方犧牲自己的自由。

對方會愛你，守護這段感情，拒絕外界誘惑，沒有任意離棄，那是因為他在自由意識下的選擇，表示你值得他為你這麼做。

權心權意
愛的筆記

真正的愛是尊重對方是獨立的個體，幫助對方可以享受單獨。

單獨是完整的意思。
你就是整體；不需要任何別人讓你完整。

維持「一個人」的單獨與完整性，非常重要。這會讓你不恐懼，而且有勇氣。**就算身處黑暗中，你自己就可以是一道光，而不是乞求別人給你燭火。**

即使，你和很多人在一起的時候，你依然可以是單獨的。這個意思，並非要搞孤僻、離群索居、刻意特立獨行、或獨排眾議；而是你可以帶著信心自處，和別人連結互動時，不會受到影響而失去自己的真心。

**你不再需要刻意討好別人，不用再以委屈求全的伎倆獲得對方的支持。你本身就可以支持你自己。**

而且，你也不必刻意為了跟別人區隔，而高調地反駁對方的意見，或為了凸顯自己而打壓對方。

很自信地，你就是你。不管別人要怎樣，你還是你。但請不要誤會，並非要你不顧他人的立場或利益，一味地堅持做自己，或保護自己的私利，那種想法與做法太膚淺，只能被列為「白目」的等級。

**你可以敬重別人，但不要倚賴對方！**你可以傾聽他的意見，但不要刻意附和說：「我想的跟你一樣。」也不會故意挑釁對方說：「我不是這樣想。」

他講他的，你聽見了，你尊重他的意見；接下來，你可以說你的看法，無論一樣或不一樣，你總之就是把你的看法說出來了。

和心愛的人一起去吃飯，他點他的主餐、你點你的主餐，不必為了跟他一樣或不一樣，而放棄自己真正想點的。如果你們點的正好一樣，就享受這份默契，不必為了分享不同的美食，而改點別的。假使你們點的不一樣，不用覺得愧疚，你吃你的，他吃他的。除非他想吃你的一口，而你正好也吃不完，否則也不用交換。

好友離婚後，回憶她有一次和前夫去吃飯，本來兩個人都點了牛肉麵，但她堅持要對方換吃蝦仁炒飯，兩人在餐桌上為這件事有點火氣，雖然沒有當場爆發，但已經種下個性不合的禍根。

她原本是基於好意，心裡想：「反正我的這碗麵一定吃不完，等等可以分一半給你。所以，你應該點不同的東西，試試這家餐廳另一項招牌菜。」但是他的前夫卻不是這樣想，他認為吃一頓飯，不要把事情搞得很複雜。

在這段經驗分享中，我學習到的道理是：不要以愛為名，拿自以為是的想法，去勉強對方。

同樣地，也毋須為了別人的看法，而讓自己活的虛假。但如果你的真實，一定會妨礙別人，你可以選擇離開這個關係。當你願意改變，絕對是出於自己的真心，認為這樣對自己比較好，而不是為了討好對方，怕自己不改，就得不到對方寵愛。

你不要為了迎合別人，而委屈自己；當然也不要為了害怕與別人互動，就逃避人群。為了怕團體行動很麻煩，而故意讓自己落單，其實也是懦弱的行為。

青少年時期我曾經因為自卑，而故意讓自己不合群。說好和同學一起去聽演唱會，卻中途趁大家沒留意，自己悄悄摸黑溜走。連長大後參加公司的團體旅行，我也要在半路上來個不告而別。現在想想，真的是不夠勇敢啊。

奧修對此有獨到的見解：「人應該可以自由地與人群相處或單獨一個人，而不局限在兩極。你不應該害怕市場，也不應該害怕修道院。你應該自由地從市場走到修道院，從修道院走到市場。」

有時候，在人群中，依然可以真實而放心地做自己，是一種更完整的單獨。當然，獨處的時候，不需要去抓一根浮木，也是很勇敢的自己。

權心權意
愛的筆記

自由，是可以快樂地和一群人相處，
也可以自己一個人享受獨處。

只有那些能夠單獨的人才能去愛、去分享；
才能進入對方最深的核心，
不佔有對方，不迷戀對方，不依賴對方，
不把對方貶低成一件物品。

寂寞，常讓兩個人在一起；寂寞，更常讓兩個人分開。兩個人的寂寞，比一個人的寂寞，更令人難以承擔。

而我們總是經不起寂寞的敲門，一再地敲碎空洞的心房。無論讀過幾遍類似的文字，無論越過幾次年少輕狂，只要在感情路上落單，就想找個人來替自己的寂寞埋單，然後相似的故事不斷重演，回來再一次看到問題的癥結：原來是自己本人很孤單，又太害怕孤單。

找個人來陪？一直是愛情最初的原罪。除非，在遇見那個人之前，你已經學會完整自己。

從「吸引力法則」來看愛情，道理也是一樣的。當你因為耐不住一個人的寂寞，而找另一個同樣感到寂寞的人來相陪，是以「匱乏」的心情，去吸引另一個也容易感到「匱乏」的人來到你面前，彼此並不會負負得正，而是更顯得加倍的匱乏。

兩個寂寞的人在一起，彼此都想要從身上索取更多的愛，即使勇於付出也是帶著想讓自己被愛的期待，一旦對方稍有疏失，或對方的反應未符己意，就會感到加倍的失落。

相對地，只要先完整了自己，讓自己成為奧修所說的那種可以勝任「單獨」，而不感到「孤單」的人，相愛就變成彼此的加分。

雪中送炭的愛，只是短暫的取暖；錦上添花的愛，才是永恆的璀燦。在物質的世界裡，雪中送炭確實是美德。但是在靈性的層次，只有當自我感到豐盈的時候，就能吸引更多豐盈來到你的面前。付出愈多；得到愈多。關鍵在於：自我豐盈。

奧修說：「這已經不再是一種需要；而是一種享受。試著去了解。真實的人彼此相愛是一種享受；不是一種需要。他們喜歡分享：他們有太多喜悅，他們想要與其他人分享，但他們也知道如何像獨奏樂器般彈奏自己的生命。」

華人社會形容美好的伴侶，用的成語是「琴瑟和鳴」；奧修用笛子與鼓的彈奏來比喻，兩種樂器可以被用來獨奏，也可以合奏。無論獨奏或合奏，各自演奏的人都覺得很享受，並且「兩個人都會向對方傾注他們的豐富」。

不要因為你需要一份愛而去找一個可以給你愛的人，這種愛的模式，注定失敗。你只能、也只需要，分享愛。當你心中的愛已經滿溢，就分享喜悅出去，這會吸引到另一個也想要分享愛的人，把另一份幸福的喜悅帶給你。

權心權意
愛的筆記

讓自己成為一個幸福的人；
才會遇到另一個幸福的人。
然後，結為伴侶。

# 愛・無為

愛無法被要求。
如果它發生在你身上，感激它；
如果沒有發生的話，要等待。
甚至在你等待的時候，也不應該有抱怨，
因為你沒有權利。

從字面的意義讀來，這是一段奧修開示愛的語言，其實他講的是整個人生的道理。

博學多聞的奧修，幾乎讀遍東方與西方的哲學經典。在他的演說與文稿中，對《佛經》與《道德經》的引用與闡述，既深且廣。他偶爾調侃佛教徒把人生界定為苦海，修行是為了離苦得樂，但是他對佛陀留給世人的智慧，仍有極高的尊重。

奧修對於老子的思想，更是十分推崇。他說：「老子是『無為』的歷史中最重要的一位人物。」奧修所提倡的靜心，就是一種極致的無為。浮雲，順著風走；落葉，隨著水流。這是大自然的存在，無須任何刻意的作為。

我在電台主持廣播節目，很多聽眾打電話進來諮詢受孕的問題。除了生理功能所限的個案例外，絕大部分難以懷孕的夫妻，幾乎看遍中醫與西醫，該吃的藥、該試的補、該調理的身體都試過了，就是沒能如願受孕成功；我都會安慰他們，很可能是壓力太大，包括：生活壓力、經濟壓力、工作壓力，以及懷孕的壓力。只要放下一直想要懷孕的念頭，順其自然就好。很可能放鬆之後，就能「做人」成功。

結果，十有八九，會在半年到一年之後，回來答謝說：「若權大哥，果然當我放棄努力懷孕之後，反而就『做人』成功了！」

我能想像那種把懷孕當功課來做的辛苦，夫妻之間要算日子行房，一切按表操課，沒有情趣的愛，只剩動作。

當親密關係在進行中，彼此卻懷抱著懷孕的焦慮，就本末倒置了。

所以看到奧修說的：「重點不在作為，重點是讓自我不在，讓事情自然發生。放下——這兩個字涵蓋了整個的經驗。在生活中，你試圖做盡所有的事。請留一點給無為，因為那些才是唯一有價值的事。」讀到這幾段話時，覺得很有感觸。

兩個人的相愛，鮮花、燭光與鑽石，都是刻意的作為。剛開始的時候，當彼此對愛還不是有很多認識、或很有信心時，這或許是表達愛意的一種形式。

但是，如果繼續相處下去，還要不斷地靠鮮花、燭光與鑽石，才能感受到愛，只要對方在這些具象工具的表達上有一點疏忽，你就拿來當作他已經沒那麼愛你的證據，用此怪罪對方要求他要再多付出一些。這樣的愛，不只是辛苦，也很脆弱。

並非愛不可以有鮮花、燭光與鑽石，而是說你不要刻意去利用它來操控兩個人的關係。只要是主動出於真心的一切，都是愛！包括：一段冷靜的距離、一夜無聲的陪伴、一次深情的凝望，同樣都是無價的，甚至比一束盛開的鮮花、一盞搖曳的燭光、一顆閃耀的鑽石……更加動人。

認識並接受無為的愛，讓每一次相愛都更真實，不需要矯飾浮誇。當我們之間什麼都沒有了，依然還會剩下的，就只是純粹的愛。

無為，就是一種純粹。尤其當所有的作為，都在包裝心意時，你應該更有自信地卸除包裝，停止刻意的作為，讓真誠的心意自然而然地流露，代替千言萬語、千金萬禮。真心，最珍貴。

權心權意
愛的筆記

真愛是：少一點刻意的「作為」；多一點自然的「無為」。

如果你是憂鬱的，
就儘管憂鬱，什麼也別「做」。
你能做什麼呢？
不管你做什麼，都是出於憂鬱，
所以它會造成更多的混亂。

憂鬱症，是現代文明病。在奧修的年代，他已經注意到這個問題。關於面對憂鬱症的態度，他的建議比較傾向於「道家」的「無為」，但也不是真的毫無作為，而是不要胡作非為。

不是真的毫無作為，而是**要像觀照情緒那樣，靜靜地看著憂鬱，也就是覺察自己的憂鬱，然後等待它慢慢地消失**。奧修認為，生命是一條河流，憂鬱不會永遠的停駐，只要你接受它，感受它，並且深刻地體驗它、洞察它，只要你能活在其中，與憂鬱共存，它就會消失於無形。

當你可以這樣做，剩下的就只是耐心。靜待一段時間，憂鬱會離開。

反之，**如果你一直不肯承認憂鬱，否定這一切，或是排斥它，抵抗它、譴責它、擔心它，反作用力反而更大。**

或許以上論述，未必每個人都同意。尤其是有西醫素養、或心理諮商背景的朋友閱讀後，更覺得難以完全接受。我倒是希望讀者**以開放的態度面**

對與思考，至少當你本人或親友罹患憂鬱症的階段，可以學習面對它、接受它。至於要不要就醫、服藥，藉助心理諮商的管道，或其他靈性療癒的方式，就留給當事人自己判斷。

至少，我認為奧修的說法，對於一直不肯接受自己已經變得憂鬱這個事實的人，是個很重要的提醒。我身邊有些輕微的憂鬱症患者，確實是不肯承認自己有憂鬱症，但逃避面對憂鬱這個事實，並無助於應付情緒的沮喪，以及人際關係的乖離，病情愈來愈嚴重。

相對的是另一種憂鬱症患者，不但不是無為，還更是胡作非為，例如：病急亂投醫，又不肯按時間吃藥，或害怕副作用就自行停藥，不僅無法得到醫療的效果，還會加重病情。

至於心理諮商的管道，也必須慎選。

如同奧修所說：「在西方，這些憂鬱的人會去找心理分析家、治療師，以及各種假裝內行的騙子，這些人自己很憂鬱，比他們的病人更憂鬱——這也難怪，因為他們一整天都在聽別人的沮喪、絕望、沒有意義的話。看過這麼多才華洋溢的人處境這麼糟之後，他們自己也開始失去熱情與力量。他們無計可施，他們連自己都需要幫助。」

周邊確實有幾位朋友，因為自己重度憂鬱、或在成長過程中有打不開的心結，才投身於心理諮商的行業，但即使已經是合格的心理諮商師，卻還是無法治療好自己的憂鬱。

除了就醫管道之外，另一種想要解決憂鬱，但可能更嚴重的，就是透過怪力亂神，作法驅魔，不用多說也知道，這些多半以騙財騙色居多。

奧修之所以主張無為，自有他的道理：「因為你的祈禱也是這樣的憂鬱，以至於連神也因為你的祈禱而意氣消沉！不要褻瀆可憐的神。你的祈禱將會是一種消沉的祈禱。因為你是憂鬱的，所以無論你做什麼，憂鬱都會如影隨形。這會造成更多的混亂，更多的挫敗，因為你不會成功的。當你無法成功的時候，你會覺得更沮喪，而這個惡性循環將會永無止盡的兜下去。」

奧修認為形成憂鬱的背後，必然有個憤怒的情緒；而且是消極的憤怒，內在某些東西被壓抑。你要處理的是憤怒，而不是憂鬱。如果你只對付憂鬱，而沒有找到憤怒的原因，就如同在跟影子戰鬥。

試著讓憤怒發作，憂鬱就會消失——這是奧修的建議。

權心權意
愛的筆記

感到憂鬱的時候，
就不要再繼續強顏歡笑。
必須先接受憂鬱，才能告別憂鬱。

有誰能用努力的方式忘掉？
你越是努力想忘就記得越牢，
因為你還得記得你要忘掉它！
不要試圖忘記。讓它成為靜心。
每次當你想起你的舊情人，閉上你的眼睛，
盡可能深深記住這個人，很快你就會忘了他。

經過朋友轉介，希望我去幫助一位住在中部的輕熟男，化名阿義。他因為失戀而陷入無止境的痛苦，看過很多心理醫生，也求助命理師、占卜師，都沒有具體效果。分手多年還是想著對方。而且大部分都是對方無情無義的情節。

這是很典型的個案。若非親眼看到當事人，囚禁自己於深刻痛苦中的樣貌，一般人透過正常邏輯思維，這樣的論述是絕對無法成立的。怎麼有可能啊？對方帶給他那麼多痛苦，他想到的也都是對方的錯，為什麼不趕快丟下這個包袱，還緊緊纏在肩上呢？

若是「一朝被蛇咬，十年怕草繩」，當蛇離開，看到草繩應該都會心驚膽顫，應該是要趕快逃跑，為什麼還要苦苦糾纏？

其實為在愛情中受苦的傷心人解決分手的問題，通常是無法用正常邏輯來分析。阿義找到我的時候，仍像面對其他心理諮詢師那般，不斷重複訴說他和前任情人之間的過往，講的都是令他傷心欲絕的事情。

幾次會談，他的話題都差不多，最後一定會重複說：「他們都叫我要忘掉，但我就是沒辦法忘記對方！」

等到時機愈來愈成熟，我接著引導他：「你不用忘掉啊，請你用力記住對方！**已經發生過的一切，都是既成的事實，你不需要忘記，也不需要抹去，既然忘不掉，就請牢牢記住吧。**」

那一次會談後，阿義拖延多年的感情創傷就痊癒了。他沒有再找我，也沒有求助其他心理諮詢師。只是逢年過節都會送禮物給我，說是要感謝我運用另類的方式治好他。

其實其他心理諮詢師、命理師、占卜師對他的治療也是很重要的一部分，是先前累積很多諮詢效果，到我這裡來才能畢其功於一役。我沒有運用多麼高深的心理諮詢技巧，只是認真傾聽後，給對方一個合情合理的解答。

**當你愈是壓抑，愈是刻意提醒自己不要做什麼，反而愈強化那個被壓制**

的欲望能量，當你順隨地接納，與它和平共處，它就對你起不了任何作用。

刻意壓抑自己的念頭，很容易變成是逃避。尤其是恐懼的情緒，當你愈想逃開，它把你抓得愈牢。反而是傾聽內心的恐懼，接納它，看著它，最後它自己會消失。

愛情離開了，你和自己在一起，這裡沒有別人，也沒有恨。若有回憶，你也很清楚知道，那只是回憶。回憶不是牢，你自己才是牢。是你關住了回憶；不是回憶困住了你。當你認知這個事實，你就會釋放自己。回憶還待在裡面，而你已經走出來了。

權心權意
愛的筆記

不用強迫自己忘記；
你愈想忘記就記得愈牢。
你愈想記住的；反而愈容易忘記。

憤怒並不是件壞事。
憤怒是生命中自然的一部分；
它會出現，也會消失，它來了又去。
但是如果你壓抑它，它就變成一個問題。

在我提供顧問服務的某企業辦公室裡，有位看似非常溫柔婉約的熟女主管，團隊中所有的同仁們都認為她脾氣很好，而且思緒縝密，工作嚴謹，總之，對她讚譽有加。好像只有我看出來，她下班後在家裡是個女暴君。

我從未在公務場合，與人聊起對方的私事。除非，當事人主動提出問題，希望可以一起討論。某天，這位熟女主管主動找我，聊起她的妹妹近日被檢查出罹患乳癌，醫生診斷為第二期。她既心疼妹妹、又憂心自我地問：「這樣我好像也算是有家族病史了，會不會哪天輪到我？」

除了鼓勵她重視身心的調理與定期健康檢查之外，我輕輕提醒她有關自己的情緒管理，她很驚訝我看出她常回到家裡就對老公與小孩發脾氣。我沒有要刻意炫耀自己察言觀色的能力，但並不諱言說：「**其實人的情緒是很難百分之百刻意掩飾的，強顏歡笑的嘴角，總是藏不住怨怒的餘光。**」

我反而覺得她回到家能釋放壓力，對老公小孩發脾氣，總比一味地壓抑自己要好。很多乳癌患者，多半有壓抑情緒的問題，以及對女性意識的扭曲。也許，她的妹妹有可能是個對照組，過度壓抑自己脾氣，無處宣洩；或者，還有另一個可能是女性意識長期被扭曲，導致身心失衡，透過乳癌的形式提醒當事人要更加珍愛自己。

能夠發脾氣，比壓抑脾氣要好。但是，如何發脾氣，也需要學習。發脾氣不是問題，但是亂發脾氣就比較不可取。遷怒，只是洩自己心頭之恨，卻很容易傷及無辜。

關於情緒，奧修向來主張要正視它。坐下來，靜靜看著自己的情緒，甚至跟它結合為一體。你，不是有情緒；你本身，就是情緒。只要能覺察情緒，跟著它一起升起，一起降落。情緒就會慢慢消失。你，終將歸於平靜。

我們常被教導，要做好情緒管理。很多人沒有學習，如何認識情緒，當然也就無從管理。因此，把「情緒管理」簡化為「壓抑」！這是很錯誤的做法，對身心都有傷害。

一個不開心的人，把自己的情緒帶進兩個人的關係裡，就注定是一場災難。如果兩個人都不開心，還要在一起，從一開始的「相濡以沫」到最後的「兩相忘於江湖」，美麗的遺憾必然在預期之中。

當你覺得自己不開心，就要靜下來分辨情緒是什麼？情緒，是有味道、有顏色、有大小的。奧修甚至可以把情緒詳細分辨到：「憤怒是積極的悲傷；悲傷是消極的憤怒。」學習分辨情緒，接受情緒，任它來、讓它去，你的身心才會健康，也才能恢復平靜。

權心權意
愛的筆記

與其做一個壓抑情緒的濫好人；
不如成為有血有淚的真君子。

# 生氣就好

當你憤怒的時候，不要去生任何人的氣；只要生氣就好。讓它成為一個靜心，關上門，獨自坐著，盡可能讓憤怒冒出來。如果你想打人，就打枕頭好了……

把憤怒當成一種能量的現象享受它，這是一種能量現象。如果你不去傷害任何人，就沒什麼不對。當你試著這麼做之後，你會發現，那些傷害別人的念頭都逐漸消失了。

你可以把它當作每天的練習，只要每天早上做二十分鐘就可以。

# 愛・分享

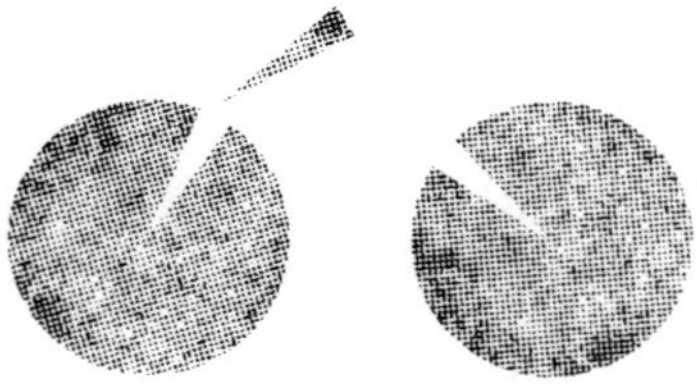

與其去想如何得到愛，不如開始給予。
如果你給予，就會獲得。沒別的方法。

為愛付出！幾乎每一個人在愛中都會願意，甚至傾盡全力；但是這樣的付出，並不是奧修所說的給予。絕大多數的人，為愛付出時，都是帶著期待。其實，這就是有條件的愛。微妙的是，所有暗藏附帶條件去愛的人，手法高明到連自己都騙得過去。你一直以為，自己的付出，是不求回報的。

真相卻往往不是這樣。如果一個女人對一個男人的付出是不求回報的，就不會在當她發現這個男人對她沒有百分之百忠心時抓狂。如果，父母對孩子的愛是沒有條件的，就不會在孩子沒有依照父母的期望發展時感到憂心或失落。

我們都以為自己在愛的面前夠慷慨、夠卑微。慷慨到什麼都能犧牲、卑微到只求對方好好的就好。一旦對方的表現，不符你的內心所願，就刺痛到付出的底線。甚至覺得自己被羞辱。

聽聽看這些情侶或親子爭吵時脫口而出的話，例如：「你怎麼可以這樣對我？」「難道你把我當作傻瓜嗎？」就可以知道，大多數人對於愛的付出都是有條件的，即使不希望獲得對等的回饋，但難免有一個看似很小、其實很大的期望——至少記得我對你的好，或你可以多愛我一些……而這些若有似無的期望，會在你感覺你的付出沒有得到對等的收穫時，令你筋疲力竭。

奧修曾舉一個很優美的例子，來講解愛是純然的給予，而且在付出的過程裡已經樂在其中。「一隻小鳥來了，停在你面前唱歌，牠不會要你給牠證書或讚美。牠唱完歌，然後飛走了，不留下任何痕跡。」他進一步解釋說：「它（愛）會自己來，不用去求它。當你有所求，它便不再來了。當你有所求，你已經扼殺它。所以，給予，開始給予。」

**給予，是無條件的，是不帶任何期待的。**你播種、你澆水、你施肥，你做一切你想做或你該做的，不要評估它會長成什麼樣子，才決定要不要繼續做。愛，不是交易，不是買賣行為，不是討價還價。愛，只是純然的存在。

**如果你暗戀一個人，你願意每天為他做一件令他開心的事，你也認真去**

給予所有的愛，就不會在他後來決定跟別人交往後，感到灰心喪志。你會成全，你會祝福。或許你因此而會在不久的將來，碰到一個真正適合你的人。或許你不會再碰到任何一個對象，但你已經很懂得愛。

父母教養子女，只是純然去愛。不要用孩子的乖或不乖，決定你愛或不愛。孩子得到純然的尊重，在充滿愛的環境成長，就會懂得愛，他將來也會懂得尊重他的另一半，不會以自己的意志，去要求對方用他要的方式付出。如此的愛，不僅可以在兩人之間流動起來，也會在兩代之間流動起來。

權心權意
愛的筆記

愛是不帶任何條件、
沒有期望任何回報的付出，
最純然的給予。

你追逐金錢，以為錢能夠買到一切。
有一天，你會發現錢無法買到一切，
而那時你已經
把整個人生都奉獻給金錢了。

愛情，在彼此生命中的優先順序是否同步，往往決定了這段感情的結局。剛開始相戀時，這絕對不會是個問題。看對眼的那一剎間，我在你眼中，你在我心中，都是最重要、最優先的順序。

可是，等到對這段感情開始有把握了，相愛的其中一方或雙方，難免就會開始掉以輕心。畢竟，人生還有很多面向的追求，工作、事業、父母、朋友……情感確實很重要，但不會是唯一。如何排序，考驗著自己的智慧，也需要透過溝通取得雙方理解與體諒，否則絕對天天吵個不停。

尤其等到共組家庭之後，柴米油鹽醬醋茶，一件一件浮上檯面，生兒育女的壓力，雙方父母的照料，再堅強的愛都很難抵擋這些衝突與折損。「愛情」與「麵包」孰輕孰重的傳統議題，將再度浮上檯面。

**相對於「貧賤夫妻百事哀」的為難，為追求金錢而奮不顧身，未必就是幸福的保障。**某些功成名就的企業主管，因為年輕時過度工作，而必須面對婚姻破裂、教養失敗的困境，人前風光，人後辛酸，也很值得同情。

我身邊還有一些單身的朋友，表面上說是為了替自己的後半生贖身，幾乎把所有的時間都投入工作，但其實是因為欠缺安全感、或生活沒有其他重心，填滿工作行程表背後，還是有不為人知的孤單。

熱愛工作不是問題，但愛工作愛到無法自拔，目中無人、也沒有自己，就會出狀況。最常見的就是身心的問題，深受失眠、憂鬱、自律神經失調等症狀困擾。

奧修說：「有錢人其實是世界上最匱乏的人。要成為富裕而不匱乏的人，是一種偉大的藝術。這項藝術的另一面，就是貧乏而富裕。你會發現有些窮人非常富足。他們一無所有，但他們是富裕的。他們擁有的財富不是物質上的，而是本質上的，以及他們多元的人生閱歷。」

網路上流傳漁夫與企業家的故事，就是所有追求成功人生的原型。企業家偶然到海邊度假，說他在工作上努力奮鬥，最大的願望就是退休，可以天天來海邊釣魚；漁夫回答他：「雖然我不像你那麼有錢，但我現在就可以天天來釣魚。」其實企業家和漁夫各有各的天賦與使命，都可以養活自己，利益眾生。金錢並非人生唯一的追求，也不是成功唯一的指標。

追求成功的法則很多，但很少教導人們如何聽風、看雲、賞花、觀鳥。很多人把成功的定義，窄化為只有賺到金錢，這是很辜負生命的思維。就算很幸運地賺到金錢，可以不失去健康，卻失去放鬆的能力，整個人生呈現非常緊繃的狀態，就得不償失了。

就如同奧修所說：「你賺到了一直想要的金錢，但你卻放鬆不了。你一輩子都在緊張、苦惱、擔憂，你不讓自己放鬆。」

紅塵俗世的競爭，很容易讓人變得冷酷。尤其是那些已經身經百戰的成功者，為了戰勝別人，對敵人冷酷、對家人冷漠，到最後連對自己都冷感了。除了事業與金錢，再沒有什麼目標可以吸引他的注意、激勵他的熱情。

等到追求到自己想要的金錢目標，生命就剩下槁木死灰。而最大的損失，就是沒有辦法再愛人了，也無法愛自己。

你的人生，究竟在追求什麼呢？「愛情」與「麵包」，其實並不是那麼極端到只能二選一的地步，你不必為了金錢放棄其他關於愛的追求。但如果你真的只能二選一，或許你該重新想想自己的答案了。

權心權意
愛的筆記

不要過度追求金錢，
以免在物質富足之後，
讓人心靈貧乏，失去愛的能力。

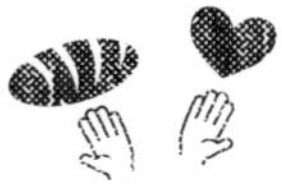

動物吃，人也吃——這兩者有什麼分別呢？
只有人類能讓吃變成一種美學的經驗。

告子說：「食色性也！」食欲和性欲，都是人的本性。儒家講究禮教，佐以道德與倫理規範。讓飲食和情色，不會像脫韁之馬，失去控制。

但如果你問奧修，我猜想他一定會回答：「為什麼要控制呢？」或是說：「你需要的是不被壓抑、不被羞辱、不被扭曲、不被譴責的體驗！」

博學多聞如奧修，對多部《佛經》、《道德經》涉獵很深，對《論語》的研究，也是不遑多讓的。關於「食色性也！」的主題，他的見解是：「有些人愛好斷食，有些人愛好用食物填塞他們自己。兩者都不對，這兩種方式都會讓身體失去平衡。一個真正愛惜身體的人，會吃得恰到好處，讓身體感覺完全均衡、沉穩；讓身體覺得不偏不倚，符合中庸之道。」

不瞭解奧修的人，可能很容易將他對情欲的主張，全面解讀為叛經離道的妖言惑眾，例如以下這幾段文字，真是夠嗆辣的了。

「男女雙方都是一夫多妻或一妻多夫傾向的。」

「一夫一妻制很無聊。再怎麼美的女人，再怎麼帥的男人你都會厭倦——相同的長相、相同的身材。你得看著同一張臉多久？所以過了幾年之後，先生再也沒有一個片刻會專心一意的看著他太太。」

「在新的世界裡，不應該有婚姻，只有愛人。只要他們喜歡在一起，就在一起，當他們覺得在一起太久了，做一點改變，那也很好。」

這些都是奧修的勸世風格，他喜歡尊重自然、沒有偽善的人生。奧修眼中，做愛和打網球都是很自然的事。何況女人可能覺得和丈夫以外的男人打網球會比跟對方做愛更有趣。只不過丈夫比較介意的是性愛，而不是網球。

「強調自由」和「鼓勵淫亂」，是截然不同的起心動念。自由，是天賦的，是長久的。淫亂，是短暫的，是無聊的。沒有愛的性，就像伏地挺身，流汗過後就什麼都沒有了。

奧修認為，人性按照自然發展，丈夫或妻子確實會被外人誘惑，但他卻又留了伏筆，他說：「如果你想靜心，那是另一回事。」但是，不是透過制度規範、道德約束、承諾綑綁、或自我壓抑，而是你以神聖而且虔敬的心深入其中，把飲食和性愛都當作祈禱，神性會給你滋養。

很顯然地，**如果沒有崇敬，就只是欲望的滿足或發洩，那是你對食物、對性愛的敵意，也是你對自己的敵意。**

奧修不要他的弟子刻意壓抑、控制欲望，否則只會流於兩個極端，若不是過度譴責，就是過度迷戀。他主張遵從自然的本性，帶著神聖與虔敬去看待欲望。生命的本身就充滿洞見的領悟力，而不是靠人為所訂定的紀律。

權心權意
愛的筆記

永無止境的吃到飽，
最終必定變成吃到怕！
飲食與性愛，都是神聖的練習。

享受生命這件事是需要被培養的。
它是一種訓練，一種藝術。

我們從小被訓練要用功讀書，好好做人，但很少被教導如何享受生命。以至於長大之後，付出所有努力，無論是否能夠獲致預期中的成果，還是不懂得什麼叫做「享受」。

甚至，多數人誤解「享受」的意義，以為吃喝玩樂，就是「享受」。還有另一種人，總是捨不得「享受」，他們覺得功未成、名未就，絕對不能「享受」，自己不值得那樣做。

人生，就像一場馬拉松。目標，固然很重要；但是，不要忘記欣賞路邊的風景。所以，現代各個在國際間享有盛名的馬拉松比賽，通常都會特別規劃風光明媚的路線，吸引全球好手參加。如果，只是一心向著目標奔跑，完全無視於路邊的風景，不但有點暴殄天物，也不容易輕鬆抵達目的地。

有些執著於認真觀念的朋友，習慣埋頭苦幹式的打拚，認為只能完全聚焦於目標，而且必須心無旁鶩，才能達成使命。其實，這個想法也沒有錯，而且並不違背「享受」的原則。**付出努力的過程，本身就可以是一種享受。**沒有人說「享受」，就一定要是吃喝玩樂。為了追求成功，自願承擔辛苦，樂在其中，這也可以是一種享受。

問題，在於目標。**如果你的人生目標，只是賺取金錢，其他都不是你渴望的追求，就容易出問題。**因為，除了金錢，你再也看不到其他比金錢更美好的人事物。即使你看到了，也會對自己說：「先把錢賺飽了，其他的就再說吧！」這樣的價值觀，會讓你錯過生命中除了金錢以外的美好。

請容我再解釋得更清楚一點，金錢也不是主要的癥結問題——心態，才是。

奧修說：「生命的首要之務，就是要找到當下這一刻的意義。你整個人的基調應該是愛，是喜悅，是慶祝。」我的解讀是：無論你正在做什麼事情、追求什麼目標；當下都應該保持著愛、喜悅與慶祝的心情，去感知、去體會、去享受。

金錢，不該是人生的終極目標。它，比較像是你在付出努力追求目標的途中，伴隨而來的副產品，用來提供你的生活物質所需。若把金錢當成人生的終極目標，你在追求的過程中，會失去很多東西。

當你追求到金錢後，會突然覺得自己除了有錢之外，其他一無所有。而更可悲的是，活到這個時候，連金錢對你都不再有任何意義。

在你出發去追求人生夢想之前，一定要弄清楚這件事情，而且學會享受於當下。

不要再說：「等到我○○○○的時候，就可以○○○○。」只要你以愛、喜悅、與慶祝的心情度過生活的每一刻，尤其是在追求目標的過程中，任何時間都沒有白活。換句更簡單的話說：「你不用等到功成名就的時候，才開始覺得快樂。當下付出努力的你，就可以享受快樂。」

再擴展一點說：「你不用等到功成名就的時候，才覺得你是你自己。當下付出努力的你，就已經是你自己了。」

關於「享受」，奧修的說法與這幾年盛行的「棉花糖理論：延遲享樂」

其實是兩回事。奧修說的享受於當下，是覺知、是靜心、是內在的喜樂。而「棉花糖理論：延遲享樂」講的只是純粹物質層面的犒賞自己。

如果你想學會用正確的方法愛自己，享受生命於當下，必然是一堂很重要的必修課。

權心權意
愛的筆記

「享受」和「努力」一樣，
都是需要經過練習的，
而且要在當下就發生。

# 放鬆和觀照

當你害怕的時候，放輕鬆！接受恐懼存在的事實，但不要對它做任何事。不要去理它；不要去注意它。只要觀照你的身體。你的身體不應該緊張。如果身體不緊張，恐懼自動就會消失。恐懼會在身體裡創造出一種緊張的氣氛，如果身體放鬆，恐懼一定會消失。一個放鬆的人不會被嚇到，你嚇唬不了一個放鬆的人。每當你害怕的時候，要注意一個重點，身體不要緊張。試著躺在地上，放鬆——放鬆是恐懼的解毒劑——恐懼會來來去去。你只要看著它。

# 愛・覺知

「如何開始走上愛的旅程？」

開始更覺知你的行動、你的關係、你的移動。

什麼時候、或要如何做，才能找到愛？這是許多感覺不到愛的人，很深的喟嘆，很大的疑惑。

**人生，看似是一段追求愛的旅程；其實，愛本然已經存在，我們所需要的是去除愛的障礙。**你從出生到現在，一直都在旅程中，只不過自己常常被無知所蒙蔽，沒有發現身處愛中。當你有困惑、不滿、懷疑的時候，正是覺知的開始。過去你是閉著心眼走路的；現在你可以打開心眼看到一切。

奧修說：「問題不在如何開始這個旅程；問題在於如何認出它，它本來就在那裡，但你沒有認出來。」**一旦開始覺知你的行動、你的關係、你的移動，你就學會在痛苦中體驗喜樂、在絕望中發現希望，在死亡中珍惜活存。**這也就是所謂的：「活在當下！」當你開始專注於你的呼吸、你的步伐、你的說話、你的行為、你的念頭，你所覺知的世界就不一樣了。

你不再為了尚未得到遙不可及的夢想而抱怨；你不再為了一直追求不到

理想的情人而失落；你不再為了得不到別人賞識而憂愁。你不再為了現在吃不到一頓米其林三星級的美食，而錯過眼前能夠滋養生命的粗茶淡飯。

就如同你可能聽過類似的說法：「你專注於你自己，到最後連自己都消失了。」但你始終覺得太深奧。容我加上幾個字，深奧的道理就變的淺白易懂了：**「你專注於你自己正在做的事情，到最後連主觀意識都消失了。」**透過**專注，你把自己深深地融入其中，就和生命結合為一。**

你全神貫注於打掃，這個動作就變成神聖，最後潔淨的不只是空間，還包括你的心靈。相對地，如果你打掃的時候只是打混，甚至抱怨為什麼這個無聊的工作會落在自己身上，你就很難真正把環境打掃徹底，心靈也不夠澄淨，你只是在浪費時間而已。其實，**沒有覺知，就是在浪費生命。**

打開電視有關日本文化的介紹節目，看到那些各行各業備受禮遇的職人，無論是料理廚師、銀器師傅、皮革專家、海上漁夫……他們工作時都有共同的特質，也就是全神貫注的神情，熟悉而信任地進行著每一個動作，就像生命一次又一次的輪迴，或許他們手上拿的東西不同，但他們都透過工作更接近自己內在深層的靈性。

當你和曾經所愛的人正在經歷一段震盪的關係，你只要打開覺知，就能發現這段原本美好的戀情為什麼會走到這一步？你不再執著於你錯我對，就不會搞得你死我活。**每一刻，你點亮一盞燭光，觀照自己的內心，累積起來，就會照亮你所身處的世界。**而這個世界，不只是你的世界，也是他的世界，還會是我的世界。最終，你、他、我，都不見了，只有愛充滿其中。

權心權意
愛的筆記

當下的覺知，
就是讓自己從夢中清醒過來，
聞到花香，看見愛。

情侶會分開，
但是與對方在一起所獲得的瞭解、領悟
會永遠和你在一起。

每一次分手，都是一個禮物。

這份禮物，層層包覆，裡面是你和對方在一起時的瞭解與分手的領悟。

正在面對分手的人，常因為過度傷心，而忘了打開這個禮物。甚至，有些人經歷與同一個或不同一個戀人的多次分手，總是把禮物一個又一個遺落在離開的路口，從未帶走、不曾打開，所以還是不斷再重複相似的錯誤。

儘管他們哭著、唱著說：「啊，這是多麼痛的領悟！」（〈領悟〉，詞／曲：李宗盛）但其實心中只有痛，沒有領悟。

**關於分手，領悟是最好的導師，它會為你帶走痛苦。**但只有少部分經歷痛苦的人，在傷心地同時，會記得打開分手的禮物，得到領悟。

它的第一層領悟，很淺顯，就叫做：你們沒有誰對誰錯，只是他不適合你。能夠有這份認知，也不簡單了。它至少讓你不再糾結於一段紛擾的關係裡，和一個不適合的人作困獸之鬥。**能夠願意認賠了結，甘心決定退場，已**

經是分手後讓自己成長的第一步。

它的第二層領悟是，瞭解雙方的問題癥結在哪裡，為什麼彼此想的不一樣，甚至想的和做的，也不相同。而不是一直怪對方，都是他的錯。

瞭解對方的需要。瞭解當對方需要時，你也有力有未逮的時候。不是對方的每一個需要，你都有能力、也有義務去滿足。於是，容許對方有自己的想法，有自己個空間，你就會對他有更多的同理與尊重。

它的第三層領悟是，知道以後將會如何處理類似的情境。或許，在上一段關係裡，你就是因為不會處理彼此的關係才離開。分手以後的這段日子開始，你可以反省，可以學習，可以充實自己，以便於下一個情人出現時，你已經成為一個更好的人，避免再犯一樣的錯誤。

透過你對他、以及對自己的瞭解，你終於知道他是怎樣的人、他要的是什麼、他用什麼方式要，以及你是怎樣的人、你要的是什麼、你用什麼方式要。即使最後你們分開了，這份瞭解仍是一種深遠的親密，會永遠與你同在、也會與他同在。

雖然，兩個人已經不在一起，卻會因為這份瞭解，而始終對彼此心存感謝。或許在愛上對方之前，你並不是個太懂得自己的人，經過這段感情，你知道自己更多一些，也知道另一個和你想法不同的人，你們曾經試著相處過，那段感情結束了，你的另一段人生卻因此而可以更深刻、更寬闊地重新開始。

權心權意
愛的筆記

相愛，是幸福；分手，是禮物。
相愛後分手，是得到幸福的禮物。

同情不是愛，
同情只會在你受苦的時候存在。
愛是同感，絕對不是同情。

有位女孩剛結束一段六年的戀情，前男友到論及婚嫁的階段，才以「我爸媽不喜歡」為由提出分手。她痛苦至極，除了被分手的傷痛困住，也因為朋友講的那句話說：「一聽就知道是藉口，哪有人在交往六年後才說爸媽不喜歡的！」狠狠地傷到她的自尊心。

分手不到兩個月，她有了新的對象。這個男孩很有耐心地陪她止痛療傷，歷經半年的考驗，他們已經發展到另一個可以論及婚嫁的地步，簡直就是要閃婚了。就當對方急著要安排雙方父母互訪，正式進入提親階段時，她的理智才慢慢清醒過來。她，並不是真正很愛他。

這段感情，是從同情開始的。是她不斷地訴苦，引起了他想保護她的欲望。每個男人都有英雄救美的潛能，這種感情其實比較適合共患難。當苦難的歲月成為過往，回到太平盛世，她不夠可憐，他也不夠英雄。頓時，兩個人都變成很平凡。

而她對他的愛也是同情。甚至是更複雜的同情。當走到療癒的後期，她發現他只是一個沒有太多戀愛經驗的宅男。他給她很多安慰；她很怕辜負他。

彼此憐愛，常帶著貶抑對方的優越感而不自覺。當你同情對方，是因為對方需要你，你在被需要時，感覺自己很重要。但這只是依賴，不是愛。

相對地，當你被同情時，也是一樣。你在對方眼中的迷人之處，只是因為你很可憐，他在你的脆弱中感覺自己很有力量。

即使並非身處感情療癒創傷的期間，才得到對方的同情，舉凡透過訴說童年不幸遭遇、工作充滿怨氣、情史遍佈滄桑、婚姻正值破裂……而被對方憐惜所產生的愛意，都只是一種錯覺，而且很容易讓兩個人都往更不快樂的方向發展，無法幫助彼此向上提升到快樂的層次。

如何分辨「同情」與「同感（也就是「同理心」）」？

奧修認為，同情意味著：「你好可憐，我想要幫助你。我站在外面對你伸出我的手。我並沒有被你打動。事實上，我內心很享受這麼做。我喜歡這種滋味：有人給我機會，讓我感覺自己有多重要。」這是暴力。

同感，則是完全不同的。同感意味著：「我感覺到的剛好也是你的感覺。如果你受苦，我能感受到你的痛苦。它觸動我，它打動我。我不是局外人，我反而像是你的一部分。」

唯有當你心中滿溢著愛，你不需要別人同情，你也不需要依賴對方，主動願意分享你擁有的愛，你的世界才會充滿快樂，彼此才能夠成長。

權心權意
愛的筆記

純粹只是分享，沒有要控制對方，
也不是佔有，才是真愛。

暴力會在那裡，
是因為你沒有發展你愛的潛能；
它只是愛的不在。

媒體社會版面消息，幾乎每隔一段時間就會出現感情暴力事件，有時候它發生在愛情破碎的情侶之間，有時候它出現在情緒激動的家人之中。更令人匪夷所思的是，案發之後，鄰里對於凶嫌的印象卻是：怎麼可能啊，像他那麼溫和（或接著其他更多正面表述的形容詞，例如：善良、熱心、正直、孝順、低調……）的人，哪會做出這種事！

每個人心中都有一頭野獸，看你如何馴養牠！

暴力，有時候是對自己內在施展殘忍。以惡毒的語言批評自己、甚至以不當的方式傷害自己，例如：暴飲暴食、酗酒、毒癮、自殘等。過度壓抑負面情緒，也是一種對自己施暴的方式。

暴力，有時候是對別人發動無情的攻擊。冷戰、謾罵或虐打，甚至致死。無論是透過情緒、言語、肢體，暴力都能產生巨大威力。我們都討厭暴力、害怕暴力，但卻都沒有真正誠實地面對暴力，它原來離自己很近。

多數的情況下，我們以為自己對暴力是無能為力的，所以通常會選擇忽略、或壓抑。等到有一天發現暴力已經快要失控的時候，匆忙做出的選擇也很不明智，不是直接屈服、就是以暴制暴。

奧修向來主張「以靜制暴」，靜靜地觀照你的情緒，只要你抽離自己，清楚認出它，情緒會轉化，也會消失。

一般人之所以覺得很困難，除了是因為缺乏靜心的練習之外，還有另一個原因：就是不瞭解暴力的本質。奧修說：「不要去想暴力的事。它只是愛的缺席——要去愛得更多。把你為了變得不暴力而壓抑暴力的全部能量，都注入愛裡，事情就能改善了。」

有一次下大雨的清晨，我開車經過很大的路口，暫停等待紅綠燈的時候，一位擔任交通指揮的熟女義工，突然怒氣沖沖地拍打我的車窗。她氣急敗壞地質問我，為什麼沒有經過她的允許，就把車往前開？

我愣了幾秒，看到她的五官扭曲在畫了濃妝的臉上；剎那間，我的觀照能力立刻升起，看見她對工作權利行使的全力以赴、以及她在日常中沒有被滿足的控制欲，所以能真心地向她慰問說：「下這麼大的雨，您辛苦了！我很抱歉，剛剛沒有看見您的指揮，以後我經過這裡，會特別留意。」

在我放下介懷的同一時刻，也很明顯看見她消除怒意。當我願意愛自己的時候，我對別人的愛也才能真正地開展、並且即時的付出。

把光明帶進屋子，黑暗就不見了——這是奧修對暴力的真知灼見。

權心權意
愛的筆記

解決暴力的最根本方式，
是把重點放在愛，而不是暴力。
當愛足夠了，暴力就會消失。

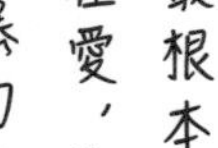

愛不是乞丐。它從來不會說：「給我愛。」
愛永遠是一個皇帝，它只知道給予。
它甚至從來不曾想像或期待得到回報。

如果你一直覺得自己需要一份愛，而飢渴般地向外去尋找一個可以給你愛的人，或是你以不斷付出自己給對方的方式，希望得到他對你的關注，盼望他能夠回報相等的、或不到二分之一也好的愛給你——這個願望勢必會落空，甚至注定這段感情將以悲劇收場。

一個需要很多愛的人，無論有多少愛都無法填補他心靈的空虛。他對於愛的渴求，是個無底洞。剛開始，他只是乞求；到最後，變成勒索。

看看那些因為覺得自己沒有安全感，而急著找另一個人給自己安全感的女孩吧，最後她們往往都會找到一個更令她加倍沒有安全感的伴侶。她因為愛他，而必須每天問他：「你在哪裡？」「幾點回來？」「你究竟愛不愛我啊？」

起初，伴侶會盡力滿足她的需要；但是，一旦她開始得寸進尺，對他的耐性予取予求，他的情緒就開始失控。

從吸引力磁場的角度，來解釋這個現象：沒有安全感的人，很容易吸引同樣沒有安全感的人前來相遇，之後兩個人共同創造加倍沒有安全感的課題在彼此之間。

沒有安全感的悲情女，通常都會愛上瀟灑不羈的浪子。歷經滄桑的男人，擁有寬闊的胸膛，看到這位楚楚可憐的女人，很快承諾會給她安全感。但無論他有多麼愛她，他其實都並不喜歡被約束、被綁住。

而悲情女總是以關心為名，行控制之實，讓浪子最後無法忍耐，選擇再一次的漂泊。或是，後來相濡以沫，吵吵鬧鬧過完下半輩子。

從靈性學習的方向來學習這個課題：因為覺得自己缺乏被愛的經驗，才會沒有安全感。唯一療癒的方法，並不是去向別人索求一份愛，而是讓自己內在的愛可以成熟強壯，到足以用無條件、不求回報的方式，對別人付出愛。

悲情女因為沒有安全感而乞討對方給她更多安全感，但浪子也同樣沒有安全感，他怕被綁住後會失去自由。

有時候，會發展出更慘的模式，浪子在悲情女苦苦相逼之下，刺激他內在早已經有的暴力傾向，源自於他從小不被愛的經驗，從此對她拳打腳踢。

而她，也默默承受。

她，以為暴力，也是一種愛。

真相卻是：**我們永遠無法期待另一個人來填補自己對於愛的匱乏，當你苦苦乞討一份愛，淪落到靠對方施捨愛，就無法真正擁有愛、留住愛。**即使你短暫得到了，也很容易立刻又失去它。甚至因為你的強烈需求，而讓對方付出的耐心，顯得愈來愈勉強，摩擦與衝突就更加頻繁。

奧修說：「除非暴力的能量蛻變為愛，否則這些暴力的感覺不會消失。真愛不知道嫉妒。任何跟隨著嫉妒的愛，都不是真愛，它是生物本能。」

在世俗的眼中，暴力確實是應該被譴責！但你不要畏懼暴力，它其實也沒那麼可怕，所有的暴力來源，都是因為缺少愛的經驗。當你開始學習正確地付出愛，愛花、愛草、愛動物、愛生命、愛音樂、愛藝術，暴力就不存在了。

但是，你也不要把忍耐當作愛，而繼續留在暴力狂的身邊，繼續挨打。

在離開的同時，慢慢學習願意原諒，會是愛的另一種更明智的選擇。

權心權意
愛的筆記

愛，是宇宙之間最豐盈的資源。
當你願意付出愛、分享愛，更多的愛，
就會迴向你而來。

有人傷害了你，要覺得感激，
因為是那個人給了你一個機會，
去感覺一個很深的傷口。
他幫你打開了你內在的一個傷口。

來到「吳若權幸福參詳所」進行生涯諮詢的朋友，只要願意勇敢面對自己情感的傷口，透過心理諮詢的程序，或其他靈性療癒的方式，都會回溯到人生某一個階段的傷口，某一年，某一日，某個人、某件事，哪怕只是一句無心的話，一個沒有特別用意的動作，更何況還有些狀況是對方刻意造成傷害……這一切刺激在心中所留下的陰影。以及，累積多年的那個陰影，對自己造成多麼深刻的影響力。

所有的現在，和過去之間，確實存在可能、而且複雜的因果關係。所謂的「蝴蝶效應」，就是明顯的例證。有些深刻的影響，可能時間相隔並不遠、距離也很近，毋須太多的努力追溯，你就能印象深刻地憶起，它給你多大的創傷。例如：對方背叛你的感情或友誼，讓你從此無法再相信任何人。

是的。聽起來，都覺得好慘烈。接下來呢？你要把所有的不幸遭遇，都歸咎給那個造成你心中陰影的人，罵他、恨它、向他討回公道？或是，回頭看看自己，為什麼會被這一句話、這一件事、這一個人刺傷？

如果，可以做出選擇，你會選那一種反應。

多數人，沒有覺察到，這個反應，可以出自於自己的選擇；於是就憑藉著過去的習氣，進入了前者的狀態，怪罪那一句話、那一件事、那一個人。但是，於事無補。你愈是怪罪別人，不檢討自己，就距離改變的時刻愈遠。

奧修說：「你丟一個桶子到枯井裡，什麼也撈不到。如果將桶子丟進一口水井裡，就能汲到水，但水是來自於井裡。桶子只是幫你汲水而已。」

你，才是源頭。其他，什麼都不是，回過頭，你反而學會感謝那個把桶子擲向你的人，讓你有機會用它來掬水，讓自己看清楚屬於你的那口深深的古井裡，盛滿的是哪一種情緒？感謝他們讓你有機會再度觸及這個傷口，於是你可以開始學習療癒自己，你再次想起那個傷痛的經驗，重新經歷一遍，接受它的折磨，直到痛苦離開之後，你就可以迎接屬於你的第二次誕生。

奧修認為：「悲傷與快樂是同一種能量，別的什麼都不是。」我們所能夠努力的，是解除過去的制約，盡力打開自己。**不要再度輕易地陷入過去的積習裡，改用新的態度面對舊的課題。**

從前，你會逃避；現在，你願面對。從前，你會怨恨；現在，你願原諒。從前，你會抗拒；現在，你願接納。從前，你會急躁；現在，你願緩慢。當你可以保持覺知，立刻解除過去積習的制約，就可以開始學習靜心，慢慢地經歷、緩緩地消化，迎接自己內在的蛻變。

權心權意
愛的筆記

感謝一切痛苦的遭遇，
把你帶到這個轉彎的地方，
重啟一段新的旅程。

如果你害怕黑夜的話，就走進黑夜，
那是克服它唯一的方法。
那是超越恐懼唯一的方法。

除了「憤怒」之外，「恐懼」是另一個我們在生活中最常碰到、也最需要被關照的情緒。

會讓你感到「恐懼」的人物或事件，多到不勝枚舉。例如：患得患失，這可以說是最常見的「恐懼」情緒。你碰到心儀的對象，在「該不該告白」與「能不能在一起」之間，就足夠讓你糾結很久。

又如，你若是上班族，有個要求很高的主管，或常常必須跟難纏的客戶提案，也會恐懼於他們的權威。光是想到要面對這個壓力，就會讓你心跳加速、呼吸急促了。

長年照顧病中的母親，我經常有機會在陪伴她去公園散心的時候，與她的老朋友們聊天。我發現銀髮族多半對「死亡」有恐懼，而這份恐懼其實來自於未知。由於不知道死了以後會去哪裡，相對之下就會更戀棧眼前擁有的狀態，更害怕失去即使已經風燭殘年的肉體。

尤其有幾位媽媽的老朋友們，沒有宗教信仰，也沒有精神寄託，想到來日的餘命不多時，就害怕到每天晚上都失眠，形成負面循環，身心俱疲，反而影響健康，甚至明明沒事，都被自己嚇出病來。

關於恐懼，奧修說：「恐懼是活著的一部分；是細膩的一部分；是脆弱的一部分。所以，允許你的恐懼。和它一起顫抖，讓它搖動你的基礎——享受它，把它當作一種本質憾動的深刻體驗。」

處理「恐懼」，就是不要評斷它，不要把「恐懼」貼上負面的標籤。容許自己恐懼，接受自己膽小，承認自己軟弱。用靜心的方式，也就關照，靜靜地坐下來，看著自己內在的種種變化，讓「恐懼」和「自我」拉開一段距離。

你真正要聚焦的是身體的反應，而不是聚焦在恐懼。你會緊張、你會顫抖、你會冒冷汗、你會豎起寒毛，這些生理現象，都是正常的。等這段時間過後，你可以練習讓自己放鬆，任憑恐懼遊走，你不刻意操控自己，只是靜靜坐著，什麼事情都不要做。

等到你能分辨「恐懼」和「自我」，不是同一個個體，你就已經成功地和「恐懼」撇清關係。你開始放鬆，恐懼就消失了。

若把「恐懼」比喻成黑夜，既然用再多蠟燭都無法照亮整個黑夜，不如索性就丟掉蠟燭吧，讓自己靜靜坐在黑夜裡，沒有任何燈光，你的瞳孔反而可以放開，看見黑暗中細微的事物。黑夜，不會恆久存在；白晝，會接著到來。你，只需靜靜坐著等待。

面對「憤怒」、面對「恐懼」、面對「憂鬱」，道理都是一樣的。很多憂鬱症的朋友，之所以沒有能夠擺脫低盪的情緒，是因為自己不願意面對它，而且刻意逃避自己內在的情感。

如果可以接納它，耐心地與它共存一段時間，它就會自己離開。此刻，憂鬱的狀況，將成為過去式。

辨識憂鬱、承認憂鬱、接納憂鬱；不要逃避、不要反抗、不要否認。就像所有負面情緒，包括：憤怒、焦慮、不安……當你保持敏銳的覺知，如同靜坐於深山之中，看到一朵烏雲飄來，你能預測馬上要大雨傾盆了，就讓自己全身浸濕在狂風暴雨裡，等待風停雨止，陽光重現。

整個過程，你的內心都是平靜的。因為，你懂得善用覺知，超越恐懼。

權心權意
愛的筆記

停止供養你的負面情緒，
它就不會壯大起來！
讓愛進來，恨就無法存在。

閉上你的眼睛，注視正在發生的事。
只要成為一個觀照者。
不要評斷什麼是好的，什麼是壞的，
這個不應該，那個應該……

現代醫學的新觀念，已經可以漸漸接受「萬病皆從情緒起」的說法。所有的病症，都與情緒息息相關。維持身心健康最重要的祕訣，就是不要否定情緒，不要壓抑情緒。

其實這並不是什麼新發現，古代的中醫早就能夠透過脈象，解讀一個人的情緒變化，掌握情緒影響生理的因果關係。西方的靈性學習，也能將情緒與對應的病症，做出有系統地歸納與整理。例如：凡事追求完美的人，容易有腸胃道的問題；女性意識被壓抑，常有乳房病變等。

無論從愛自己、或愛別人的觀點來看，認識與處理情緒，都是非常基本，而且重要的課題。**任何情緒，都不應該被壓抑。所有的喜怒哀樂，都**

是正常的，不要期待它、也不要排拒它，任它來，讓它去，允許它自然地發生，它就不會因為累積而爆發。所謂的「樂極生悲」、或「憤怒暴走」都不會出現。

關於情緒，奧修不只一次地提到，就是透過「觀照」，靜靜地坐著，抽離意識層面的自己，淡定地看著情緒如萬馬奔騰而來，接著又飛馳而去。

奧修說的「觀照」，與我們一般認知的「觀察」，有著完全不同的定義與做法。

「觀察」是用腦，透過意識與經驗的價值判斷，既然受到過去的經驗的影響與限制，就容易陷入極端。不是喜歡，就是討厭。

「觀照」是無念，只是純粹地看著一切，只需開放地去接納各種可能，不會受到過去的經驗的影響與限制，沒有所謂的應該、不應該，喜歡、或討厭，放下所有的批評與論斷，只是靜靜地用心看著。

唯有「觀照」，可以讓我們把注意力，從別人身上轉回自己，從外表轉向內在。若不學習「觀照」，就會永遠錯過「靜心」。

當你不斷隨著情緒起舞，終究會迷失自我。經由「觀察」而隨著情緒起舞的人，都是被頭腦所支配；而「觀照」則是徹底擺脫頭腦的運作，不再被頭腦駕馭。

奧修說：「如果你百分之百是個觀照者，你就沒有頭腦——沒有悲傷，沒有憤怒，沒有嫉妒——只有一種清明，一種寧靜，一種祝福。」

先從日常的動作、行為，開始練習觀照，再到你的想法，你的感覺，最後到觀照者的本身。從頭腦到心到存在的本質，這一段很近的路程，但也是很遙遠的旅途。有些人窮盡一生都沒有到達；有些人自從啟程之後就再也停不下來。當你一旦進入「觀照」，就不會有終點，只會有更深入的靈性，更無限的自己。

佛學《心經》所講的「五蘊皆空」，正就是「觀照」的練習，不再受限於自己從前五官六感的經驗，才能真正的消除執念。「色」「受」「想」「行」「識」，並非沒有，也不是不存在，而是你已經學會放下，不再被它左右。

當你可以不再受到五官六感的影響與限制，不再批判自己、評斷別人，任由情緒發生，之後又消失，你就漸漸來到了靜心。

所有的愛與慈悲，都是靜心；也唯有靜心，才能做到真正的愛與慈悲。

權心權意
愛的筆記

讓頭腦紛亂的思緒安靜下來，
你才開始真正聽自己，心的聲音。

人類都活在一個詛咒下，
那個詛咒就是，
我們從來不被允許信任自己的天性。

道德，是社會集體生活發展出來的規範；在某些地方或某些時候，道德無法發揮功效，所以文明世界需要法律，來懲罰侵犯別人權利的人。

然而，有了道德與法律，社會是否因此而長治久安？

顯然沒有。因為，罪犯與戰爭依然不斷。

很多人閱讀完奧修系列的作品，或許會以為他十分睥睨於道德對於規範人類行為的功效，而我比較傾向從另一個角度來解釋他的主張。奧修認為道德並不可靠，更何況還有人以「道德」為名，假冒成為聖人，其實是假道學，背地裡盡做些違背良知的事情。

奧修認為：「人類的天性並不邪惡，人類的天性是神聖的。邪惡的出現，是出於限制。」他尤其反對為了表面上遵從道德規範，而刻意壓抑自己的天性，除非你已經修鍊到打從心裡就認為那是根本不想做、也不會做的事情。例如：在路上看到裸露的美女或是肌肉猛男，你不會特別留戀注目，也不會刻意逃避眼光，你就是像看到一般街景那樣自然而然地經過，沒有大驚小怪、也不過度貶抑。

用吃飯、喝水來比喻，讀者比較容易進入狀況。吃到飽足時，你就不餓了。看見再多美食，也不會在瞬間垂涎三尺，還一直想吃。當水喝夠了，就不再口渴，若再多喝飲料，很自然就會撐著不舒服。

以性來比喻，想像空間大一些、討論的意見也多一點，但奧修認為道理都是一樣的。在原始部落的人，都沒穿衣服，胴體不是神祕的禁忌，男人不會隨時看到裸女就撲上去。他認為，所有的動物，只有文明社會裡的人士，會對類似《花花公子》這些色情刊物有興趣，那是因為人們從小被壓抑對性的好奇與探索。凡是動物，都會有性欲；但牠們不會為性著迷。動物，是自然的；動物的性，也是自然的。

奧修說：「當性變成讓人著迷，就成了變態，這種變態的根本源自於道德家和他們的教條。」你看看那些性特別受到壓抑地方，都是性犯罪偏高、或性變態偏多的地方。我同時也在旅行中發現：愈是保守的地區，公共廁所裡的性愛塗鴉特別旺盛。

每次教育機構修訂課綱，部分家長對於性教育的章節相當敏感，認為不該提供太真實、太直接的內容，給未成年的孩子，怕他們的性觀念太早啟蒙。而抱持不同看法的另一方，卻認為就是因為舊勢力的觀念太保守，導致未成年的孩童不知道如何尊重自己和對方的身體，性侵害或墮胎事件不斷。

從以上幾個實際生活的體會，再對照奧修的教導，就不難理解，當人性受到壓抑的時候，是用什麼方式反制。

人類，究竟是為了遵從道德規範，而壓抑天性；或人類是對天性不夠信任，才要發展道德規範？有時候，說起來是「雞生蛋」、「蛋生雞」的問題，爭論再多也沒有意義。在奧修一貫的論述中，他認為：**與其依賴道德，不如尊重天性。道德，是人為的，不可靠；天性，是自然的，有它的定律。**

更何況另外還有些別有用心的人，甚至假借神的旨意，利用人類的恐懼與貪婪，創造特定的規矩，類似道德的力量，以一種集體意識的形態，要你就範。他們讓你以為服從這些儀軌，就能上天堂，不服從者下地獄。

他們試圖操控你的大腦，讓你以為你可以操控自己的人生，但往往在你對自己的人生失控、迷失自己之後，才會開始反省，除了道德規範之外，還有沒有其他更好的方法？天性，一定是不好的嗎？會不會天性有它純真可愛的一面，只是人類的恐懼與貪婪發展太多，而掩蓋了美好的天性？

我們已經生活在充滿道德規範與法律制度的社會中，無論你同不同意、喜不喜歡，都無法回到最純真自然的狀態，但至少你可以學習：**尊重天性，信任天性，回歸簡單的自我，讓更多愛的體驗，為你豐富生命的本身，就是一場美好的慶典。**這一切的說法與指引，不是為了反對什麼，只是為了帶領你回到信任自己內在宇宙的初心。也唯有如此，我們才能和宇宙合而為一。

權心權意
愛的筆記

允許自己相信天性。
用愛做心中的導航，
決定你該做什麼，不該做什麼。

第一次的出生是父母給予的，
而另一次的出生正在等待中。
它必須透過你自己誕生出來。
你必須是自己的父母。

在華人的社會裡，「天下無不是的父母！」這句話，讓許多身為子女的我們感到糾結。當我們與父母的關係，不如想像中的容易，就會開始出現「誰對誰錯」的論辯，甚至是嚴重的批判，無論最後認為犯錯的是父母、或是自己，內心的挫折與失落，都將非常沉重。

如果，將這句話暫時換上問號，改為「天下無不是的父母？」可以讓我們重新省思自己與父母之間的關係。

根深柢固地信服「天下無不是的父母！」這樣的觀念，會有怎樣的缺點呢？

首先，連最基本的孝道，也就是每個人應該天生就有對父母的敬愛，都變成一種來自威權體制下的要求，子女不能質疑、也不能反對。**當我們對父母的敬愛，淪為一種責任義務，而不是自動自發，不夠甘願，就未必歡喜。**

另一個比較容易出現的問題是：我們若深信「天下無不是的父母！」，

不是過度要求父母完美，就是過度苛責自己未能做到父母眼中完美的子女。以上兩種期待，其實都無法達成，也都深受其害。

奧修鼓勵子女「擺脫你的父母」，乍聽之下似乎違逆倫常，在長期接受儒家哲學薰陶的社會裡，謹守「百善孝為先」鐵律的習俗中，顯得格外刺耳。

但是只要你深入奧修的教導，就會發現類似這樣聳動的標題，常被斷章取義，其實很可能只是他想要用更醒世的教導，破除人們對於傳統教條的執迷。他並沒有要子女對父母不孝，也不是輕忽父母與子女的關係。

相對地，奧修其實很重視父母對子女的影響，而且深深認為：**如果父母雙方都很懂得愛，而且都用愛對待子女，這世界就會充滿愛。**

他說：「愛，只能在愛裡面成長。愛需要一個愛的環境——這是最重要的基本要素，一定要記住。唯有在愛的環境中，愛才會成長；愛需要和周圍有相同的脈動。不僅是孩子，如果母親有愛，父親有愛，如果他們彼此相愛，如果這個家中充滿愛的氣氛——這孩子會開始成為充滿愛的人。」

只不過大部分的父母並沒有真正用愛的方式教養子女，導致子女心中累積了很多不被愛的創傷。他所謂的「擺脫你的父母」，其實是要你擺脫父母不當教導方式所留在你心中的陰影、以及你因為感覺自己沒有被愛而累積的不安。當你可以學會自主，擺脫這些成長的創傷，不再怨嘆父母與出生背景，更完整的自己才算是真正誕生出來。

權心權意
愛的筆記

與其一味地想要學習更多「愛」，
不如從學習擺脫「不是愛」開始。

# 奧　修

# OSHO

**二十世紀最受矚目的靈性智慧大師**

**與甘地、尼赫魯、佛陀並列為改變印度命運的十大人物之一**

**他的系列演講，已出版六百多種書，**
**被翻譯成四十多種語言，影響數以百萬計的人類心靈。**

西元一九三一年十二月十一日生於印度。從小就是一個叛逆而獨立的靈魂。飽覽群書，辯才無礙，以優異的成績畢業於印度沙加大學哲學系，並在傑波普大學擔任了九年的哲學系教授。之後他周遊印度各地，公開挑戰一切既有的宗教、社會和政治傳統。他堅持要自己去經驗真理，而不是從別人那裡獲得知識和信念。印度《週日午報》將他與甘地、尼赫魯、佛陀等並列為改變印度命運的十位人物之一。

一九五三年三月二十一日，二十一歲的時候，奧修成道。一九七四年，奧修在印度孟買東南方的普那（Poona）創建了「普那國際靜心中心」，吸引了大批來自世界各地的求道者前來體驗靜心與轉化。在奧修的生涯當中，他談論到人類意識發展的每一方面，從佛洛依德到莊子，從戈齊福到佛陀，從耶穌基督到泰戈爾……他從他們的精華當中提鍊出對現代人靈性追求具有意義的內涵，並發展出獨特的靜心方法，協助現代人加速內在的蛻變。奧修不屬於任何傳統。他的教導拒絕被歸類，它涵蓋一切。

奧修於一九九〇年元月十九日離開他的身體，但他種種的教誨與啟示以文字的力量更廣為流傳。他對來自世界各地的門徒和追求者的演講已經被錄製成六百多種書，而且被翻譯成四十多種語言，影響了數以百萬計的人。目前在印度的社區仍然繼續著，由他的二十個門徒共同領導，繼續宣揚他的道。

奧修國際資訊中心：www.osho.com

## 《愛》

*BEING IN LOVE*

**如何在覺知中相愛，**
**同時無懼地相處！**

奧修的生命洞見：

- 不執著的愛
- 放下期待、常規與要求
- 全然待在關係裡
- 保持嶄新且鮮活的愛
- 與願意成長改變的人成為終生伴侶

## 《情緒》

*EMOTIONAL WELLNESS*

**如何將恐懼、憤怒、嫉妒，**
**蛻變成創造性的能量！**

奧修的生命洞見：

- 恐懼、憤怒和嫉妒對我們生活的影響
- 罪惡感、不安全感……等情緒如何慣性的操縱我們
- 如何破除對強烈情緒的不當反應
- 如何將破壞性的能量蛻變成創造性的能量
- 社會及文化在我們的個人情緒模式當中所扮演的角色

## 《改變》

*IT'S ALL ABOUT CHANGE*

**如何改變自己，**
**同時改變世界！**

奧修的生命洞見：

- 要活出自己的生命，而不是迎合別人的理想
- 不再盲目崇拜，而是找到自己內在真正的聲音
- 學習如何轉化能量，不要壓抑它們
- 勇敢擺脫陳腐的過去，創造金色的未來
- 改變你自己，就能改變全世界

## 《神》

*THE GOD CONSPIRACY*

**如何免於迷信，**
**找到喜樂之境！**

奧修的生命洞見：

神是你的恐懼、你的焦慮、你的缺乏安全感
不要盲目的相信，而是要親自去經驗它
找到你自己的路，不接受別人給的地圖
當你沒有要求時，快樂自然會來到你身上
每個人都是獨特的，所有的比較都是錯誤的

## 《名望，財富與野心》

*FAME, FORTUNE, AND AMBITION*

**「成功」真正的意義**
**是什麼？**

奧修的生命洞見：

讓自己平凡就是非凡
金錢買不到你的愛
成功沒有不好，但不要被它所驅使
要「開始」去生活，而不要總是「準備」去生活
做任何讓你享受的事情，同時全然地享受在其中

## 《自由》

*DESTINY, FREEDOM, AND THE SOUL*

**如何活出有意義的生命？**
**找到真正的自由？**

奧修的生命洞見：

佛陀說：真正的自由是免於你自己的自由
你是自由的，但每一個自由的行動都會帶來責任
欲望的不存在，就是一種滿足
世界上只有一種快樂存在，那就是當你自己
不要問一個像梵谷這樣的人：你的畫裡有什麼意義？

## 《純真》

*INNOCENCE , KNOWLEDGE AND WONDER*

**要開出最美的生命花朵，**
**必須先擁有純真的本性！**

奧修的生命洞見：

知識不等於知道，博學者知道而同時又不知道
你越是充滿知識，你所感受到的驚奇也就越少
你越是天真，存在就越是美好
生命不是什麼邏輯推論，而是一首歌
不安是生命最根本的結構。安全意味的是死亡

## 《權力》

*POWER, PLOITICS, AND CHANGE*

**如何讓自己與世界**
**變得更美好？**

奧修的生命洞見：

自卑創造出野心
永遠不要出於恐懼而行動
沒有任何一個人是渺小而無關緊要的
每一個人都具有改變世界的巨大力量
一個無法改變自己的人也永遠無法改變任何人

## 《奧修談蘇菲大師卡比爾》

*THE FISH IN THE SEA IS NOT THIRSTY: ON KABIR*

**大師對談大師——**
**二位印度開悟智者給現代人**
**的生命箴語**

奧修的生命洞見：

魚在海洋裡，你在神性裡
悲傷是有深度的
抱負是所有暴力的根源
孤獨是一朵花，寂寞是一種疾病
模仿別人就是反對你自己

## 《接受無知的勇氣》如何認清內在的無知，找到面對困境的勇氣？

*DANGER: TRUTH AT WORK: THE COURANG TO ACCEPT THE UNKNOWABLE*

奧修的生命洞見：

只有開始覺知某件事情，你才能有所行動改變它
如果你壓抑性，它會變成野心
接受你自己的單獨，接受你自己的無知
任何一個對權力感興趣的人都飽受自卑情結的折磨
成為無知的，從這裡，你可以開始尋找真實的自己

## 《生命的追尋之旅》如何在平凡的生命中找到真正的幸福？

*THE JOURNEY OF BEING HUMAN*

奧修的生命洞見：

當你快樂時，你是平凡的
苦悶只會發生在人類身上
學著享受生命中的快樂與痛苦
當不執著於頭腦時，才能更有效率地使用它
開始享受你已經是的，平凡的生命將變得不凡

## 《覺知的力量：蛻變生命的金鑰》洞察道德，不道德，非道德；了解什麼是真正對與錯！

*MORAL, IMMORAL, AMORAL*

奧修的生命洞見：

你正在受苦——並非因為不道德，而是因為缺乏意識
另人可以束縛你，但不能救贖你
一個人不可能同時擁有野心卻心懷善意
不要為了跟別人比較而積極，積極是為了你自己
只要有欲望，就會有焦慮

麥田航區 3

第二次誕生

**吳若權陪你讀奧修——**

愛與情緒的 8 種靜心練習，
活出獨立超然的自己

作者——吳若權

版權——吳玲緯／蔡傳宜
行銷——艾青荷／蘇莞婷／黃家瑜
業務——李再星／陳美燕／杻幸君
責任編輯——林秀梅
校對——吳若權／林秀梅／黃雅馨
副總編輯——林秀梅
編輯總監——劉麗真
總經理——陳逸瑛
發行人——涂玉雲

出版——麥田出版
104 台北市民生東路二段141號5樓
電話：(886) 2-2500-7696　傳真：(886)2-2500-1967

發行——英屬蓋曼群島商家庭傳媒股份有限公司城邦分公司
104 台北市民生東路二段141號11樓
書虫客服服務專線：(886)2-2500-7718、2500-7719
24小時傳真服務：(886)2-2500-1990、2500-1991
服務時間：週一至週五 09:30-12:00・13:30-17:00
郵撥帳號：19863813　戶名：書虫股份有限公司
讀者服務信箱 E-mail：service@readingclub.com.tw
麥田部落格：http://blog.pixnet.net/ryeeld
麥田出版 Facebook：https://www.facebook.com/RyeField.Cite/

香港發行所——城邦（香港）出版集團有限公司
香港灣仔駱克道193號東超商業中心1樓
電話：(852) 2508-6231　傳真：(852) 2578-9337
E-mail：hkcite@biznetvigator.com

馬新發行所——城邦（馬新）出版集團【Cite(M) Sdn. Bhd. (458372U)】
41, Jalan Radin Anum, Bandar Baru Sri Petaling,
57000 Kuala Lumpur, Malaysia.
電話：(603)9057-8822　傳真：(603)9057-6622
E-mail：cite@cite.com.my

國家圖書館出版品預行編目資料

第二次誕生：吳若權陪你讀奧修——
愛與情緒的8種靜心練習，
活出獨立超然的自己
吳若權 著．-- 初版. -- 臺北市：
麥田，城邦文化出版：
家庭傳媒城邦分公司發行，2017.07
面；　公分. --（麥田航區；3）
ISBN 978-986-344-466-4（平裝）
855　　　　　　　106007915

印刷——沐春行銷創意有限公司
設計——江孟達工作室
2017年7月1日　初版一刷

定價 350元　ISBN　978-986-344-466-4


**＊本書每篇文前「吳若權陪你讀奧修」的「奧修語錄」，
文字摘自奧修作品《愛》**（*BEING IN LOVE*）**、《情緒》**（*EMOTIONAL WELLNESS*）**。**